U0101991

石油高等院校特色规划教材

地震勘探采集方法与试验分析

熊金良　翟桐立　李国发　著

王长春　蔡爱兵　主审

石 油 工 业 出 版 社

内 容 提 要

本书就地震勘探野外采集方法及其试验分析进行讲述和讨论。全书共分五章，主要介绍了地震资料采集方法及试验分析的意义、近年来在激发和接收方法方面的一些试验工作、地震采集观测系统的相关内容、井中地震与井地联合勘探方面的一些试验工作，以及对高成熟探区的地震资料挖潜、提高地震资料解决地质问题能力方面的研究工作。

本书可供石油高等院校勘查技术与工程、地质资源与地质工程专业的高年级本科生或研究生，以及从事地球物理勘探工作的技术人员学习和参考。

图书在版编目（CIP）数据

地震勘探采集方法与试验分析/熊金良，翟桐立，
李国发著 . —北京：石油工业出版社，2022.11
石油高等院校特色规划教材
ISBN 978 – 7 – 5183 – 5623 – 2

Ⅰ.①地⋯　Ⅱ.①熊⋯②翟⋯③李⋯　Ⅲ.①地震
勘探–数据采集–高等学校–教材　Ⅳ.①P631.4

中国版本图书馆 CIP 数据核字（2022）第 178582 号

出版发行：石油工业出版社
　　　　　（北京市朝阳区安华里 2 区 1 号楼　　100011）
　　　　　网　　址：www. petropub. com
　　　　　编辑部：（010）64523579
　　　　　图书营销中心：（010）64523633　　（010）64523731
经　　销：全国新华书店
排　　版：三河市聚拓图文制作有限公司
印　　刷：北京中石油彩色印刷有限责任公司

2022 年 11 月第 1 版　　2022 年 11 月第 1 次印刷
710 毫米×1000 毫米　　开本：1/16　　印张：10.75
字数：191 千字

定价：39.90 元
（如发现印装质量问题，我社图书营销中心负责调换）

前言

地球物理勘探是油气勘探开发过程中最重要的技术手段之一。恩格斯曾说过，地学因为主要研究那些不但我们没有经历过，而且任何人都没有经历过的过程，所以要挖掘出终极真理需要费很大的力气并且所得极少。同样，地球物理勘探也很难探究出终极真理，能收获阶段性认识并不辜负当代所赋予的勘探使命，使每一个从业者得偿所愿。地震勘探既是理论性很强的科学，更是依赖大量模型研究和现场试验的科学。以地球为对象的物理方法研究，这个对象是无限的，因而研究条件要人为加以"有限性"限制，模型研究和理论简化后的假设常常成为重要基础，实际资料的试验验证分析必不可少。这种验证也遵循从模型到实际采集资料试验的规律，但这种验证是相对的，因为很难有标准答案。

地震勘探过程被概括为资料采集、资料处理和解释三个阶段，这是最熟悉的分段方法。实际上，受技术方法和设备能力所限，早期的地震勘探基本是一体化的。随着技术的不断进步，地震数据量呈指数级增加，不再能"一目了然"地对资料开展直观的研究应用，采集、处理和解释的分工才逐步明晰。进入 21 世纪以来，随着计算机软硬件能力、信号传输速率的快速提升，地震勘探有望迎来更高平台上的采集、处理、解释一体化。野外采集阶段是地震勘探工程中最重要的环节，这个阶段的任何失误都是不可逆的，会导致后续的所有研究工作成为"无源之水、无本之木"。同时，资料采集过程也是耗资最大的，据统计，资料采集阶段所占地震勘探总投资的比例均在 90% 以上。然而，针对采集方法的研究工作却与其重要性不相匹配，特别在采集方法的试验研究方面，现有文献多以梳理和总结试验方法、试验流程为主，属于试验技术的范畴。还没有一本基于试验分析的地震资料采集方法的专业书籍，即不讨论如何做试验，而是研究为什么要做这个试验，从这个试验中发现了什么问题，引起了哪些思考，为地震采集方法提供了哪些借鉴。本书就是通过对近年来的勘探方法类试验进行梳理，试图回答上述问题。

地震勘探工作历经早期的"五一"型光点、模拟和数字地震等阶段，从二维到三维，从三维地震单块采集到整体部署分期实施的二次采集，再到"宽方位、高密度"的目标采集，不同阶段均做了大量的勘探方法试验。这些试验工作虽然不具备严谨的系统性，但对具体勘探工作的指导功不可没，在渤海湾盆地也具有一定的代表性，因此笔者不揣冒昧分享给业内同仁。

勘查技术与工程专业和地球物理学专业的本科生在"地震勘探原理"课程中会接触到地震数据采集的相关知识。地质资源与地质工程专业的研究生在"三维地震数据野外采集"课程里会对地震数据采集方法有更加深入的了解。但这些课程讲授的多为地震数据采集的基础知识，很少涉及实际地震数据的采集方法和试验分析工作。"地震数据采集"是一门实践性很强的课程，应用实例分析有利于学生对课程内容的深入理解。

本书共包括5章15节。第1章包括2节，主要介绍地震勘探采集方法及试验分析的意义，按照不同勘探阶段、不同地表条件对采集方法分类进行了简要描述，对地震资料采集涉及的观测系统参数、测量与放样精度、激发接收参数等进行了基本分析，对地震采集试验分析的模型正演方法、实际资料试验方法进行了比较，说明了地震勘探采集过程中试验研究的重要性。第2章包括5节，主要介绍了近年来在激发方法方面的一些试验工作，包括地震采集震源类型与应用条件的讨论，对炸药、可控震源、气枪、电火花四类震源的参数选择的相关试验，炸药震源与可控震源的比较试验，炸药和可控震源对地面建筑物的震感试验分析等，并通过实例分析了近地表结构特异区对地震资料采集的影响及解决方案。第3章包括3节，主要介绍了近年来与资料采集的接收方法相关的试验研究工作，包括不同检波器类型（模拟与数字）的试验研究、不同组合方式（单点与组合）的试验研究、不同埋置方法的试验研究、检波器野外组合与室内数字组合效果对比试验研究、风噪对地震振幅影响的量化分析试验研究等。第 4 章包括 3 节，主要介绍了地震资料采集观测系统方法类试验工作，包括二维地震特殊观测系统（广角反射方法及二维宽线方法）试验研究，三维地震滚动方式试验分析，以技术经济一体化为目标的宽方位、高密度三维采集方法试验研究等内容。第 5 章包括 2 节，是关于井中地震与井地联合勘探方面的试验工作，是针对高成熟探区的地震资料挖潜、提高地震资料解决地质问题能力方面的一些思考：现有技术条件和投资限制下，高成熟探区不能依靠更高的炮道密度提高资料分辨精度，开展全套地层的品质因子 Q 值观测反演，形成可信赖的地层 Q 场，开展 Q 偏移是一个行之有效的办法；将地层划分为近地表、浅地表、深层 3 个部分并通过试验分析研究了 Q 值获得方法。这套思路包括采集、处理及应用的全过程，本书仅涉及井中地震部分的试验研究，更系统的研究内容参见本套丛书的《地震波吸收的观测、估算与补偿》一书。

本书是在试验基础上对地震勘探采集方法的一些思考总结，是笔者在工作中遇到问题并采用试验分析解决问题的经验提炼。研究过程中始终与中国石油大学（北京）的技术团队保持着密切合作，电子科技大学李皓、长江大学马雄等参与了大量的研究工作，中国石油大学（北京）硕士研究生付一生对全书版面和附图进行了修校。中国石油集团东方地球物理勘探有限公司海洋物探处、新兴物探开发处、研究院大港分院为现场试验和资料分析提供了便利条件，中国石油集团地球东方物理勘探有限责任公司童利清、王者武、左黄金等专家在资料分析和方案论证等方面给予了大力协助，在此不能一一列举，对在本书成书过程中给予我们无私帮助的所有专家一并致谢！

由于著者能力所限，书中不妥之处在所难免，恳请业内同行批评指正。

著者

2022 年 6 月

目录

第1章
地震资料采集方法及试验分析概述

地震资料采集、处理和解释研究构成了地震勘探的完整过程。其中地震资料采集是整个过程中最基础的一环，可概括为二维地震采集、三维地震采集、井中地震采集 3 种主要类型。随着地震技术向油气勘探开发各领域的不断延伸，四维地震（时延地震）的概念也逐渐为人们所熟知，主要服务对象是油藏管理，其实质是在三维地震方法上增加了一个时间维度。读者对地震勘探采集方法的试验并不陌生，从事采集的技术人员都做过大量试验工作。笔者认为这里所述的试验工作应分成两大类：一是以验证地震采集方案、优化参数及流程为目的的试验，姑且称为"狭义试验"，此类不是本书的讨论重点；二是以方法研究、设备比较、理论验证为主要目的的试验，称为"广义试验"，是本书的主要讨论内容，此类试验涵盖了野外试验、室内模型正反演等内容。

1.1 地震资料采集概述

地震资料采集是按照勘探任务要求，以规定的方法取得地震原始资料的过程。完美的地震资料采集应具备下述特征：一是全面，该得到的资料要得全；二是精细，得到的资料信噪比和分辨率要足够高；三是及时，保证在项目规定时限内完成，不影响整体勘探节奏。资料采集的最主要过程是激发、接收及其对应关系。不同勘探阶段和不同地表的资料采集方法虽不同，但实现过程依然在激发、接收及其关系方面殊途同归。

1.1.1 不同勘探阶段的地震资料采集

一般认为，地震勘探可分为区域概查、面积普查、面积详查、构造精查等阶段，其划分依据主要为含油气盆地的勘探程度、勘探地质任务。常规来说，各勘探阶段提供的钻探目标从参数井、预探井到评价井。传统勘探阶段对地震采集的约束体现在二维测网的疏密程度以及二维地震向三维地震的过渡方面，主要受制于地震采集设备和勘探投资。进入 21 世纪以来，地震勘探部署方案已经逐步跳出了勘探阶段的束缚，越来越重视勘探节奏的提高。事实上，早在 20 世纪八九十年代的塔里木盆地勘探会战时，直接部署大面元三维地震是个较普遍的现象。

从资料采集的核心三要素——激发、接收及其对应关系（观测系统）来说，不同勘探阶段资料采集的主要区别在于观测系统。区域概查和面积普查阶段往往以二维地震为主，相关行业标准和国家标准对测线部署原则有清晰的界定；面积详查和构造精查阶段往往部署三维地震勘探，三维地震的发展基本延续了从少线多炮向多线多炮再到多线少炮的路径。我国东部探区，特别是渤海湾盆地，大多已完成了从首次三维到二次三维采集的跨越，进入了针对重点目标区的"宽方位、高密度"的目标三维地震（三次采集）阶段。不同勘探阶段资料采集的激发、接收方式并无本质区别。接收方面，根据目的层特点和地质要求，可以在检波器类型、组合方式、组合数量方面有细微调节；激发方面的变化主要体现在井深、药量、可控震源台次选择等方面，不同震源的选用主要依据地表施工条件，这方面的内容将在 1.2 节介绍。此外，井中地震（各类 VSP）、井间地震、井地联合勘探等内容自成一类，可以贯穿于各个勘探阶段，将在第 5 章一并体现。

1.1.2 不同地表条件的地震资料采集

地震资料采集的地表类型总体可划分为陆地和海洋两大类，陆地又可进一步细分为平原、沙漠、山区、黄土塬、水陆交互带等，海洋也可细分为极浅海、浅海和深海等。此外，城镇、港口等复杂地表属于特例，采集难度大，采集方法也较特殊。不同地表条件的地震资料采集方法差异主要体现在激发、接收方式上，尽管受地形所限采用了不同的观测系统，但这些变化往往是被迫的，追求观测系统的整体一致性最有利于地震资料品质的提高。

1. 陆地地震资料采集

在激发方式上，陆地地震资料采集以炸药震源和可控震源为主。炸药震源的变量一般是激发深度、单井药量、组合井数量及方式等，这些方面的狭义试验几乎在所有的勘探项目中都有涉及，大港油田近年开展的激发方法试验，将在本书第2章集中阐述。可控震源资料采集具有"环保、安全、参数可控"的特点，近年来得到了突飞猛进的发展。可控震源的参数变量一般是指扫描频率（开始频率和结束频率）、扫描方式（线性与非线性、升频与降频）、扫描时长、驱动幅度、震动台数及次数等，这些参数都具有明确的地球物理意义。例如，扫描频率直接与扫描信号的分辨率有关，一般来说，相对频宽需达到2~3个倍频程以上，在其他条件允许的情况下，扫描频率的相对频宽越宽越好。因为相对频宽越宽，相关子波的清晰度（主瓣振幅值与旁瓣振幅值之比）越大，子波波形越突出；相对频带宽度越窄，清晰度越差，甚至接近震荡。目前东方地球物理公司最新的低频可控震源，可开展1.5~160Hz的扫描，相对频宽在6倍频程以上。在可控震源震动台次选择方面，因为可控震源是地面震源，产生的面波较强烈，常规施工中采用合理的震源台次组合是提高能量和压制干扰的有效手段。进入21世纪以来，大吨位、宽频可控震源技术不断进步，与日益高涨的"宽方位、高密度"地震勘探对高效激发的需求不谋而合，可控震源高效采集技术不断完善。从交替扫描（flip-flop sweep）、滑动扫描（slip-sweep）到独立同步扫描（independent simultaneous sweeping，ISS），可控震源的生产日效达到几万炮的新高度，满足了高密度三维采集的生产效率和成本控制要求。

陆地地震资料采集的接收方式以检波器组合接收为主，目的是压制各类环境干扰，提高原始地震资料信噪比。组合数量和方式会根据不同地表条件下的噪声类型、噪声强度有不同的形式。随着高分辨率勘探需求的不断增长、高密度地震的逐步普及深化，采用单点接收的呼声越来越多，理由是组合接收的低通效应降低了资料频宽。但大多数情况下，特别是环境噪声阈值较高的地区，组合接收还是最好的选择。本书第3章有关接收方法的试验讨论有较系统的归纳，在此不再赘述。

2. 海洋地震资料采集

海洋地震资料采集的主要激发震源是空气枪，少数对能量要求不太严格的浅目的层勘探可用电火花替代。早期的浅海地震勘探曾经使用炸药激发，进入21世纪以来，已经全面禁绝。自由气泡震荡理论是气枪震源信号的理论基础，气枪瞬间释放高压气体进入周围水介质中形成气泡，气泡是水体中真正意义上的震源。气枪子波是气泡在周围流体中周期振动产生的，点火激发时，气枪顶部的电磁阀自动打开，下储气室内的高压空气迅速推动活塞向上运动，高压空气由出气口瞬间释放到海水中，完成一次点火激发。之后，电磁阀自动关闭，活塞失去了向上的推力，高压空气继续向储气室中注入，等待下一次点火激发释放。

高压空气进入海水中，迅速形成一个球形气泡，瞬间产生第一个压力脉冲。这个气泡脉冲是激发的子波，是有效波。由于气泡内的压力远大于海水静压，气泡继续扩张，气泡内压力也随之减小；当气泡内压力减小到与周围海水静压相等时，达到平衡状态，但由于惯性作用，气泡继续扩张增大，直到气泡内压力远远小于周围静水压时，气泡开始缩小，内部压力也随着气泡的变小而逐渐增大，大到等于周围静水压，再次达到平衡状态；由于惯性作用，气泡继续减小，小到内部压力远远大于周围静水压时，再次形成气泡的迅速扩张，产生第二个压力脉冲。如此类推将继续产生第三个、第四个压力脉冲。这些后续脉冲是地震勘探的干扰波，需要设法加以压制。

为避免单枪气泡效应对地震记录品质的影响，通常将若干个不同容量的单气枪组成子阵列，再用 2~4 个子阵列组成一个完整的气枪震源阵列，每个子阵列都以相同深度沉放在海水中形成平面震源，实现子阵列最大能量同时叠加。出于宽频勘探的需求，为降低气枪震源激发产生的虚反射作用，出现了所谓的垂直震源法，即将两个枪阵按炮间距前后布置并分别沉放于同一垂直平面内的不同深度，通过两个枪阵交替激发施工，形成同一激发位上两个不同激发深度的单炮记录；在处理中采用波场分离方法，剔除两个连续炮点记录的上行震源波场，削弱虚反射效应，提高地震资料分辨率。

描述气枪子波的主要参数为：

（1）主脉冲值（primary），是指气枪内的高压气释放后产生的第一个正压力脉冲的振幅值，是衡量气枪压力脉冲大小的参数，其单位为巴·米（bar·m）。

（2）峰—峰值（peak-peak），是指第一个压力正脉冲与第一个压力负脉冲之间的差值。峰—峰值的单位也是巴·米（bar·m）。

主脉冲值和峰—峰值都是表示气枪能量的重要指标。主脉冲值和峰—峰值越大，说明气枪的能量也越大。

（3）气泡周期（T），是指主脉冲与第一个气泡脉冲的时间间隔，其单位为毫秒（ms）。

（4）气泡比（PBR），是指第一个压力脉冲的振幅与第一个气泡脉冲的振幅之比。气泡比越大，气枪的子波和频谱越好。通常气泡比不能低于 10。

（5）工作压力（pressure），是指在气枪控制面板调压后，气枪在释放前达到稳定状态时的压力，单位为 psi。psi 与帕斯卡（Pa）、巴（bar）的换算关系为：1bar＝14.5psi＝14.5×6900Pa。

（6）气枪总容量（volume），是指各枪容量之和，单位为立方英寸（in^3）。

海洋地震资料采集的接收方式有拖缆、海底电缆（OBC）、海底节点（OBN）等方式。其中拖缆施工是深海地震勘探的主要方式，随着大道数、长排列、多缆拖缆系统的技术发展，已经由4条缆、8条缆发展到20~30条缆的水平。在常规海洋地震数据采集中，电缆和气枪都要以固定深度沉放于海平面之下，以保证下传的激发能量最大化且降低接收环境噪声。为拓展地震低频成分、压制海洋环境噪声，人们采用震源和拖缆之间不同的排列方式，通过上下缆的组合填补虚反射陷频，扩展频带宽度，将上行波与下行波分离，压制与海平面有关的多次波。

拖缆接收主要参数有电缆数量、电缆长度、道距、最小偏移距、电缆沉放深度、电缆间距、电缆类型等（其他接收参数如采样率、记录长度等与陆地接收无异）。施工中的沉放深度误差控制、电缆羽角控制、电缆平衡噪声测试等指标在相关标准中都有明确规定。

海底电缆（OBC）接收方式首先在浅海勘探中发挥了重要作用，相较初期的海底压电检波器（hydro phone）无线接收，其点位准确性大幅度提升，保证了地震资料品质提高。随着设备能力和施工工艺水平的提高，OBC的施工已经从极浅海延伸至几百米水深的浅海区域，接收排列条数也提高到12~16条，进一步满足了浅海宽方位地震勘探需求。

海底节点（OBN）接收技术是近年来新发展的技术，采集作业具有较高的灵活性，布放、回收方便，能够获得全方位保真地震数据，提高地震成像质量和四维勘探的可重复性，改善油藏地震监测效果，在海洋地震勘探中具有独特的优势，在浅海有障碍物的海域以及深海油气勘探中具有广阔的应用前景。2016—2019年，中国石油集团东方地球物理勘探有限责任公司在沙特阿拉伯、印度尼西亚、尼日利亚等多区块完成了OBN采集；2017年，中石化海洋石油工程有限公司在东海秋月探区利用绳系OBS（海底地震仪）开展了海底节点地震数据采集；2019年，中海油在渤海实施了国内首个150km^{2}三维OBN地震采集项目。

值得一提的是，OBC和OBN技术在施工过程中，检波器位置的偏离是个重要问题。因此，需要对海底检波器进行二次定位，确定其真实位置。

1.1.3 地震资料采集主要参数

1. 观测系统参数

观测系统是地震资料采集工程的核心三要素之一，描述的是激发点与接收点的关系。观测系统参数是地震勘探野外采集工程技术设计的主要内容，相关行业标准有明晰的规定，工业上也有成熟的方案论证流程和软件系列，本节不再赘述，仅简要描述各项参数内涵。

表 1.1 是一个三维地震采集观测系统参数表。

表 1.1　三维地震采集观测系统参数表

采集参数	方案设计
观测系统	32L 5S 400T 正交
纵向观测系统	3990m—10m—20m—10m—3990m
方位角	308°
接收道数	400×32 = 12800
道距/炮点距	20m/40m
接收线距	200m
炮线距	200m
面元	10m×20m
覆盖次数	16×20 = 320
纵向/横向最大偏移距	3990m/3180m
最大偏移距	5102.21m
纵向/横向滚动距	200m
横纵比	0.8

（1）道距、炮点距、接收线距、炮线距这几个参数内在联系紧密，共同描述了三维地震接收点、激发点的平面分布相对关系和勘探密度。只有横、纵向的点位密度不一致（常见的束线三维）时才有这 4 个距离的概念；如果是全方位采集，则只有接收点距和激发点距两个概念（即道距与接收线距相同，炮点距与炮线距相同）。再进一步，所谓的高密度理想观测系统情况下，更可以统一为一个概念，即点距大小（道距、炮点距、接收线距和炮线距均相同）。

（2）面元与覆盖次数这两个参数关联性更强，单独讨论其中之一是无意义的。面元是指一个小的矩形或正方形面积，其边长通常为道距和炮点距的一半，不同层位的面元大小是一致的，没有深度的概念，所有位于这个面积内的中点都属于同一个共中心点；覆盖次数是指在一个 CMP 面元内被叠加的中点个数，这些参与叠加中点的炮检距均不相同，覆盖次数对各层是不同的，有深度的概念，越深的目的层其覆盖次数越高，通常在设计中需满足的覆盖次数是针对主要勘探目的层而言的。

（3）炮密度、接收道密度、炮道密度是指单位面积（km²）内的炮点数、接收点数、炮检距对数。其中炮道密度是界定一个三维项目勘探密度的综合指标，是炮密度、道密度、面元大小、覆盖次数的综合体现。

这几个参数的计算公式为：

炮密度（N_s）= 1/（炮点距/1000）×（炮线距/1000），单位为炮/km²。

道密度（N_t）= 1/（道距/1000）×（排列线距/1000），单位为道/km²。

炮道密度（N_{sr}）= 炮密度 N_s×仪器使用道数 = 覆盖次数/［横面元尺寸（m）×纵面元尺寸（m）］×10^6，单位为次/m²。

（4）最大炮检距是最大的那个连续记录的炮检距。二维观测系统的最大炮检距与纵向最大炮检距是一致的。三维观测系统的最大炮检距是排列片对角线的一半（中点放炮），是纵向最大炮检距和横向最大炮检距组成的三角形之斜边长度。最大炮检距的选择一般遵循以下原则：与主要目的层深度基本相当、有效压制多次波、足够的叠加速度分析精度（叠加速度识别分析精度误差宜小于 6%）、不要产生明显的动校正拉伸畸变（宜小于 12.5%）、接收排列内的反射系数相对稳定、满足 AVO 分析技术要求、动校正时差小于有效波最小视周期的一半等。

（5）最小炮检距是子区正中心的中心面元中最小的那个中点所对应的炮检距，也是整个子区所有面元中最小炮检距中最大的，因此严格的称谓为"最大最小炮检距"。子区是束线三维勘探中两条相邻的炮线和两条相邻的排列线之间的区域，是一块最小的勘探面积，却包括了整个勘探的统计量。

（6）横纵比是排列片的横向最大炮检距与纵向最大炮检距之比，是衡量宽、窄方位勘探的指标。通常认为，当横纵比大于 0.5 时为宽方位角采集观测系统，横纵比小于 0.5 时为窄方位角采集观测系统。更加细化的观点认为，当横纵比小于 0.5 时为窄方位，横纵比在 0.5~0.6 时为中等方位，横纵比在 0.6~0.85 时为宽方位，横纵比大于 0.85 时为全方位观测系统。

（7）横向滚动距和纵向滚动距。横、纵方向的定义是相对的，与接收线平行的为纵测线（inline），通常垂直于构造走向。与接收线垂直的为横测线（crossline），通常平行于构造走向。滚动距是指当前炮点所对应的接收点与下一炮点对应的接收点之间的距离。三维是平面施工的，因此就有纵向滚动和横向滚动两个距离。三维勘探中所投入的设备数量（此处主要指接收道数）应该是经过优化的，不可能一次性将全部施工面积铺满，因此才会有滚动的概念。滚动距的试验以及对所谓"采集脚印"的影响将在第 4 章详细讨论。

2. 激发参数

首先要根据勘探工区地表条件确定激发类型，如炸药、气枪、可控震源等。

（1）炸药震源也有不同类型的选择问题，比如炸药爆速、密度等，但现阶段在成熟探区一般较少做此方面的试验，施工中以炸药厂商的工业化产品为主。虽然在理论上合适的炸药类型可有效地提高地震波下传能量和主频，并确保反射波有较宽的频宽，确保地震资料的信噪比和分辨率，但实际生产中的激发效果受围岩物性和耦合效果的影响更大，是一个相当复杂的问题。

常规施工中炸药震源激发参数优化主要为井深和药量方面，追踪岩性激发也是以近地表结构调查为基础，实施可变井深激发。激发井深主要应从激发能量、子波频率、虚反射影响等几个方面进行综合分析。潜水面以下的激发深度主要应考虑避免产生"虚反射"。"虚反射"是指炸药在低速带以下激发时，其上行能量在遇到低速带底界（潜水面）或地表等强波阻抗界面时，再向下传播并与激发产生的初次波叠加在一起，产生了混波效应，降低了激发子波的分辨率。激发药量的选择必须保证最深目的层的反射有一定的能量，确保资料的信噪比。但也不能说药量越大越好，当药量增加到一定限度时，随着药量的增加，信噪比反而会降低。导致信噪比降低的原因有两个方面：一方面，随着药量的增加，激发产生的背景干扰也随之增强，当有效波的能量增加幅度低于干扰波能量增加幅度时，信噪比反而降低。另一方面，随着药量增加，药柱长度也需加长。由于炸药的爆速比周围岩石速度高，因此，药柱顶端炸药爆炸后向下传播时，已形成了一个长条状破碎带，下面岩石变得十分破碎，对地震波吸收较强，只有少部分能量转化为弹性波，部分能量甚至转化成了干扰波。当药柱达到一定限度时，转化为地震波的能量弱于背景干扰，信噪比反而降低。同时，太大的药量也会导致分辨率的降低，原因是随着药量的增加，各种反射波频率能量都在增加。当药量达到一定的限度时，随着药量加大，低频成分能量将比高频成分增加更快，而地层对高频成分吸收远大于低频成分。因此，药量过大，造成脉冲地震子波较"胖"，地震波的主频由高频向低频方向移动，导致反射波主频降低，频带变窄。

（2）可控震源的施工参数有扫描频率（开始频率和结束频率）、扫描方式（线性与非线性、升频与降频）、扫描斜坡函数与斜坡长度、扫描长度、驱动幅度、震动台数和次数等。可控震源产生的地震记录是由激发扫描信号（设计）和经过大地传播、滤波作用返回的振动信号互相关后形成的。相关运算造成的可控震源地震记录发育的干扰波包括谐波干扰、旁瓣噪声、脉冲相关反向噪声等。

（3）气枪震源施工参数包括气枪阵列组合方式及数量、气枪总容量、主脉冲、峰—峰值与初始峰值、气泡周期、气泡比、工作压力、沉放深度等。

表1.2是一个地震采集项目的激发参数表，给出了不同震源类型的具体参数。

表1.2 三维地震采集激发参数表

震源类型	炸药	可控震源	气枪
井深	12m	/	/
药量	4kg	/	/
扫描时长	/	12s	/
扫描频率	/	6~84Hz	/
震动台次	/	4×2 次	/
扫描方式	/	升频	/
最大容量	/	/	$2426in^3$
最大压力			2000psi
沉放深度			2.5m

3. 接收参数（含仪器录制参数）

主要的接收参数涉及检波器类型及型号、单点或组合及方式、埋置点位精度和耦合要求等，具体设备配备和参数要求取决于勘探地质任务和工区地震地质条件。地震接收方法的试验及认识等技术问题将在本书第3章进行集中讨论，此处对日常施工中较少涉及的仪器录制参数简要介绍，主要有前放增益、采样率、相位滤波方式、记录格式、记录长度、回放参数、AC噪声、DC漂移、"串音"隔离、谐波畸变、"共模"抑制比等技术指标。

前放增益是系统整体调节输入地震信号幅度的比例系数，是地震仪器对输入信号整体放大倍数的对数值（用dB表示）。地震仪器设置前放增益的作用之一，是使地震仪器的响应动态与输入的地震信号动态相匹配；其二是适度放大检波器输出信号，便于模数转换器分辨能力最优化。为适应输入信号的强弱变化，通常设置多个（至少两个）可选的前放增益挡，实际应用中要考虑仪器的最大允许输入信号（模数转换器参考电压）和近炮点信号强度，也要考虑等效输入噪声与环境噪声的比例关系（等效输入噪声可小些，但二者应在同一个数量级），实际选择时应以模数转换器不产生溢出为准。过大的前放增益不仅使大信号失真，甚至会使地震仪器工作在非线性状态，从而降低地震资料品质。如果施工的环境噪声较小，可以考虑用较大的前放增益，利于识别微弱的地震信号，有利于提高量化分辨率；但在检波器环境输入噪声远大于仪器等效输入噪声时，较大的前放增益并不能提高仪器识别微弱地震信号的能力（放大的均是噪声），相反还会损失地震仪器的输入动态，更严重的是容易造成近激发点的地震道信号溢出，进而导致严重的信号失真和额外的直流漂移。因此，在没有准确测量输入地震信号动态情况下，一般选择较小的前放增益更有利于保护地震信号品质。主流地震仪器 Sercel-400 系列的前放增益只有 2 挡：G1（0dB/最大允许输入电压 1600mV）和 G2（12dB/最大允许输入电压 400mV）。

采样率是指仪器对模拟地震信号进行均匀采样的时间间隔。采样率的设置遵循采样定理的规定。采样是将一个连续信号转换成一个数值序列（即时间或空间上的离散函数）的过程。离散系统的采样频率（简称采样率）高于被采样信号的最高频率（或带宽）的 2 倍，就可以完全恢复原始波形而不发生混叠现象，也就是说，离散信号系统采样频率的一半必须大于采样信号的最高频率或带宽。这个采样频率的一半就是所谓的 Nyquist 频率（f_n），采样频率的倒数即为时间采样率（T）。采样定理描述了两个过程：其一是采样，这一过程将连续时间信号转换为离散时间信号；其二是信号的重建，这一过程将离散信号还原成连续信号。离散信号的每个周期内至少要有 2 个采样点，才能恢复到原始波形。采样率决定了离散信号所能恢复成连续信号的最高频率，主流 24 位数字地震仪可设置的采样率通常有 0.125ms、0.25ms、0.5ms、1ms、2ms、4ms，对应的采样频率为 8000Hz、4000Hz、2000Hz、1000Hz、500Hz、250Hz，对应的 Nyquist 频率为 4000Hz、2000Hz、1000Hz、500Hz、250Hz、125Hz。如常用的 1ms 采样率理论上可采集到 500Hz 的频率成分。考虑到当前多数地震仪器采用了 24 位模数转换和数字滤波技术，其滤波器衰减斜率近 400dB/Oct，因此所能采集到的高截止频率一般约为 $0.8f_n$。即使如此，1ms 采样率实际对应的高截止频率也可达到 400Hz。实际施工中应根据地质任务和目的层具体情况设定最优的采样率，过小的采样率不仅仅使数据量成倍增加（磁带记录密度和容量已经大大提高了，以至于可以忽略该成本），更重要的是采样率也决定了仪器的地震道实时采集接收能力，并间接影响仪器的噪声和动态范围。

相位滤波方式指的是滤波作用造成的信号延迟随频率变化的函数关系，它反映的是经地震仪器响应后的地震信号频率与相位变化的关系，常用最小相位和线性相位两种滤波方式。最小相位滤波方式表现为频率越高相移越大，并且相移与频率关系不是线性的。线性相位滤波方式输出的地震信号相移与频率呈线性关系，Sercel-400 系列仪器的任何频率相移都为零（无系统延迟）。从信号保真原理方面分析，线性相位滤波方式更先进并且更有利于地震信号的保真，如果没有特殊要求应该选择这一方式，但有时为顾及新老资料或相邻工区施工因素的一致性，也可选择最小相位滤波方式。滤波方式造成的系统延迟是仪器固有的，处理当中应充分考虑并消除。如 I/O-IMAGE 仪器在 1ms 采样情况下，最小相位滤波延迟时为 21ms，线性滤波的延迟时为 5ms。

记录格式是指将地震数据及辅助信息记录到存储介质时的位置约定与编排关系，其主要作用是为后续的地震数据处理提供解编路径和算法。记录格式有多种多样的 SEG 标准，如 SEG-B、SEG-D、SEG-Y 等；秩序上有多路编排（时序）和反多路编排（道序）格式，常用的是 SEG-D 和 SEG-Y。不同记录格式的差别重点在头段信息，包括时间参数、仪器参数、位置参数、文件参数、用户参数等等。

记录长度是指每一炮的激发开始到仪器录制结束的时间，主要与勘探最深目的层相关，要足以获得偏移孔径、绕射尾部和目的层记录。如渤海湾盆地基本默认的记录长度为 6s，也有个别浅目的层勘探项目设置成 4s 或 5s 记录，研究凹陷中心的勘探项目可能会设置长达 8s 以上的记录长度。

常规采集项目施工的接收参数一般仅规定检波器组合方式、采集间隔、记录长度等。表 1.3 是一个地震采集项目的接收参数表。

表 1.3　三维地震采集接收参数表

采集参数	技术方案
仪器型号	428
采样率	1ms
记录长度	6s
前放增益	G2(400mV/12dB)
记录格式	SEG-D
检波器型号及组合方式	20DX/20m×20m 面积组合

1.2　地震资料采集试验分析

地震勘探采集技术的发展离不开试验分析、验证，特别是新方法、新设备在使用之前，人们更谨慎，更需要试验结论的佐证。另一方面，地震勘探的效果几乎是没有确定性答案的，甚至用于操作的方法本身也是通过对理论的简化或近似而来的。从事地震勘探的技术人员特别想知道，用试验方法得出的结论与标准答案之间的关系，所以在实际野外试验之外人们研究更多的是各类模型正演。因此，试验分析通常包括两部分：野外的现场试验和模型正演研究。野外现场试验的优势，体现在试验与实际生产的地震地质条件一致，影响结论的因素是全面的，试验结论是客观的；劣势也显而易见，只能用相对的比较作为评判，就像俗语说的"只有更好、没有最好"。模型正演试验因为其结果是已知、明确的，易于得出确定性答案；缺点是简化了问题，没能考虑实际工作中千变万化的外界条件。而物理模型则涉及制作模型的材料和工艺等复杂问题，给高精度地震采集方法的正演研究带来不可忽视的不确定性。此外，同样是科学研究试验，比如化工产业的试验可以明确划分出实验室试验（50~100L）、小试（500~1000L）、中试（1000~2000L）等不同阶段，规模不断加大，中试成功后就可以工业化生产了。而地震资料采集的试验研究却难以遵循这个通用规律，针对生产因素优化的试验可以遵循"十字排列法"，即每个试验环节只有一个变量，确保分析结论的唯一性，这类生产因素优化试验不是本书讨论重点。本书涉及的采集方法试验均为目的性强、生产急需的，并无一定的规则可循。

1.2.1 模型分析

开展地质—地球物理模型正反演模拟是揭示地震波传播规律和验证地球物理方法有效性的重要手段。方法研究过程中的地震波场正演模拟更为常见，即在室内模拟得到已知地质模型的地震波响应。地震模型正演包括物理模拟和数值模拟。物理模拟是在实验室将野外地质构造或地质体按照一定的模拟相似比制成物理模型，并用超声波等方法对野外地震勘探方法进行模拟的一种地震模拟方法。物理模拟的优势在于模拟结果的真实性，并且不受计算方法、假设条件的限制；缺陷在于震源和检波器的尺度，参数变化较难，成本较高，并且模型制作材料和工艺往往影响分析结果的客观性。数值模拟是应用地球物理方程和数值计算，求解已知地质模型在假定激发源作用下的地震响应，可以开展多种多样的复杂模拟，如基于射线原理的射线追踪法，基于波动方程的有限差分法、有限元法、积分法、快速傅里叶变换法等，应用更为广泛。当然，相较于物理模拟，数值模拟必须对介质作一定的假设和简化，结果的真实性有所欠缺。

数值模拟的基本步骤为：地质建模—数学建模—模拟计算—应用分析。

建立合适的地质模型是基础也是整个流程成功与否的关键步骤，过于简单的地质模型不能反映所要研究的地质地震响应特征；而太复杂的地质模型又混杂了过多的变量，不利于分析研究。数学建模后的模拟计算常用的是波动方程（弹性介质或黏弹性介质）算法，产生与野外采集相似的叠前炮集，其中尤其要注意数值频散和吸收边界问题，这些将是影响最终结果的关键因素。模拟过程中正确选用子波也十分关键，以最常用的 Ricker 子波来说，可恢复的信号主频既与空间网格的大小有关，也与采用的模拟算法相关。

数值模型正演的常见形式有如下主要分类：用于层位标定的合成地震记录计算即为一维模型正演模拟，二维正演模拟是计算合成地震剖面，三维正演模拟是求取理论三维数据体。资料采集观测系统论证过程中的地震照明分析即为正演模拟之一。

1.2.2 现场试验分析

模型正演在方法研究过程中的作用非常重要，在肯定其快捷、明确、低成本等优点的同时，也应该看到它的局限性：物理模型有制作工艺和制作规模问题，数学模型更利于理论验证而简化了千变万化的地震地质条件。因此，更大量的采集现场试验工作几乎贯穿于整个资料采集过程中。地震资料采集施工时，一般在以下几种情况下需开展现场试验：

（1）新区新领域的地震资料空白区部署地震采集工作。此类试验以生产参数优化为主，试验目的和内容应明确，试验参数设计应具体、系统、针对性强。试验过程尤其要注意每一轮试验因素单一，关键参数应重复试验，有统计性效应。

（2）勘探老区虽然开展过多次地震勘探，需要对较成熟的采集经验加以验证。此类试验一般不需系统进行，择重点实施针对性试验。

（3）突破性新技术的适用性试验，如"宽方位、高密度"采集方法与常规采集方法的对比、可控震源高效采集的应用效果、海上多源激发高效采集等。

（4）新设备正式投入生产前的现场试验，如不同激发震源效果对比、速度型检波器与加速度型检波器对比、模拟检波器与数字检波器对比等。

现场试验的优点是与地质任务和工区地震地质条件结合紧密、针对性强；缺点是成本较高，一般需依托采集生产项目进行，单独以试验为目的而动用地震队是很难下决心的。

思考题和习题

1. 一个合格的地震数据采集项目的基本特征有哪些？

2. 试说明地震试验的重要性。在什么情况下需要开展地震试验？

3. 简述地震采集试验分析类型及优缺点。

4. 简述地震采集观测系统的含义。评价某种观测系统的主要参数包括哪些？

5. 如何理解 Nyquist 采样定理？采样率 2ms 及 4ms 时对应的 Nyquist 频率分别是多少？

第2章
地震资料采集
激发方法试验分析

地震资料采集的激发方式与施工地表类型密不可分。地表类型可划分为陆地、水域和水陆过渡带三类。其中陆地地震采集激发方式主要有井中激发的炸药震源（少量电火花）和地面激发的可控震源两类；水域部分主流激发方式为气枪激发，早期采集曾普遍应用的水中炮方式早已被明令禁止；水陆过渡带多采用与陆地类同的井中炸药激发方式，只是其操作工艺有所不同。

大港探区地处渤海湾盆地黄骅坳陷内，范围涉及津、冀、鲁，区内地形有东部平原、城镇矿区、海陆过渡带及浅海。陆地和海陆过渡带区域的地震采集主要采用炸药井中激发方式，水域部分采用气枪激发方式，可控震源仅在城区的禁炮区补充使用，工作量较少。近年来，在激发方法试验分析方面开展了以下5方面内容：（1）近地表结构特异区及地表障碍区炸药震源试验分析；（2）可控震源与炸药震源对比试验分析；（3）气枪震源激发参数试验分析及新技术介绍；（4）小型电火花震源试验分析；（5）地震激发对建筑物的震感试验分析。

2.1 近地表结构特异区及地表障碍区炸药震源试验分析

2.1.1 炸药震源

大港探区陆地地震采集激发方式90%以上是使用炸药震源。炸药井中激发的常规参数试验与优化是每一个地震采集项目生产前的必备流程，不属于本书论述范围。这里只剖析一个特殊近地表区的激发参数优化过程，希望对同类地区的地震工程有所裨益。在此之前，简单回顾一下炸药震源激发的一些基本理论和研究成果。

国内各探区的炸药震源均采用成型药柱。理论上，在均匀弹性介质中，点震源爆炸后效果最好，因为它的应力场简单、波前面单一、传播的子波一致性较好，能最大限度地将爆炸能量转化成纵波能量。成型药柱由于要适应炮井井径约束，只能制成具有一定长度的圆柱状，在药量适中情况下可以近似为点震源。

炸药震源按照其成分可以划分为 TNT 炸药、乳化炸药、铵油炸药、水胶炸药、胶质炸药、浆状炸药等类型；实际使用中还习惯上按密度划分，如高、中、低密度炸药等；按照其爆速可以划分为高爆速（5000m/s 以上）、中爆速（3500~5000m/s 之间）、低爆速（3500m/s 以下），参见 GB 15563《震源药柱》。

大港油田曾经针对炸药震源成分和爆速开展过简单对比，炮记录上差别并不明显，此后未再开展类似工作，常用高爆速炸药。

1. 炸药震源的几个相对关系

（1）激发能量与药量关系：激发子波振幅 A 与药量 Q 的立方根为正比关系，在药量较小时，A 与 Q 为线性关系，随药量增大近似为非线性关系；A 随 Q 的增大存在一个极限值，超过该极限后，A 增加很小。一般可以用经验公式 $A=KQ^{1/3}$ 表示。

（2）激发子波主频 f_c 与药量 Q 的立方根为反比关系，药量较小时，f_c 与 Q 为线性关系，随药量增大近似为非线性关系且变化很小（早期曾有观点认为小药量有利于高分辨率勘探），一般可以用经验公式 $A=KQ^{-1/3}$ 表示（图 2.1）。

2. 药柱与激发介质的耦合关系

几何耦合是指药包直径和炮井的直径比，阻抗耦合是指炸药密度、爆速之积与围岩密度、纵波波速之积的比值。药柱半径与井的半径相等、药柱阻抗与激发介质的阻抗相等时，能量最强。

3. 激发子波特性与激发介质岩性关系

松软介质中产生的振幅高于致密介质中的振幅；高速层中激发的频率高于低速层激发频率。一般激发频率随井深增加是升高的（虚反射深度以内，因为虚反射具有混频效应）。

2.1.2 近地表特异区的低频现象

近地表调查是地震勘探采集项目正式生产前的一项必备工作，对确定施工

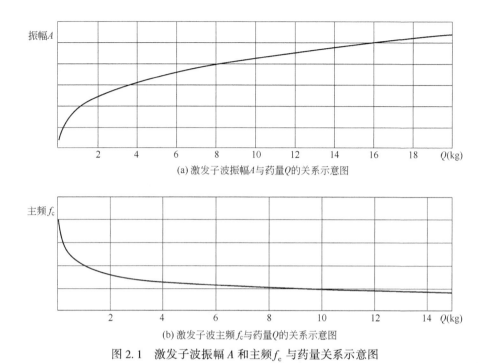

(a) 激发子波振幅A与药量Q的关系示意图

(b) 激发子波主频f_c与药量Q的关系示意图

图 2.1 激发子波振幅 A 和主频 f_c 与药量关系示意图

参数尤为重要。2005 年北大港二次三维采集项目开工前已经按照常规完成了近地表调查，在线束试验时，发现相距仅几百米的炮点资料差别极大，中间点的单炮信噪比和频率均明显降低（图 2.2），而三个点的近地表速度结构没有明显差别。

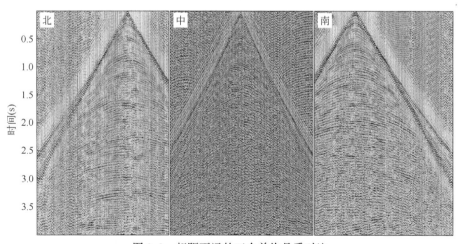

图 2.2 相距不远的三个单炮品质对比

针对该现象，施工人员临时停工后按照以下思路开展进一步分析：

（1）首先加密近地表调查点并增加震检组合数量试验，分别采用1串、2串、3串、4串接收，同步开展1口炮井与2口井、3口井组合激发试验，发现2串组合接收、2~3口井组合激发在低频区效果较好；

（2）进一步开展宽线试验，并结合老资料品质分析，确定低频区范围（图2.3）；

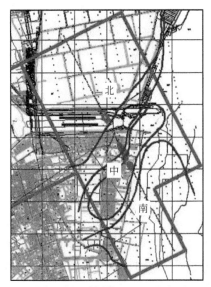

图2.3　低频资料区平面分布图

（3）进一步开展加深的炮井试验，钻井深度增加至40m，发现依然是早已确定的井深资料最好（图2.4）。

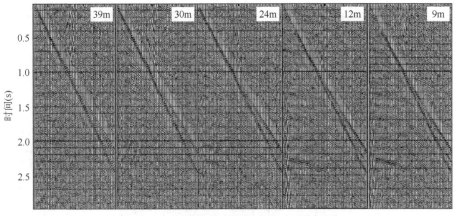

图2.4　加深激发深度的试验炮对比分析图

2.1.3　近地表特异区的取心分析

既然常规近地表调查的速度结构变化不明显，进一步分析很可能与激发岩性有关，并且也会影响接收，因此，开展了针对激发岩性的取心分析工作，在北、中、南不同品质的三个点做了深井取心分析（图2.5），取心井深40m，每一米取一段，取得土样108件。对取心样品的密度、岩性、含水性、塑性指数、液性指数等进行详细定量分析（委托有能力及资质的单位完成）。三个取心点在6m以下岩性、物性基本相同，地表极浅层0.6m以上也基本相同，唯一不同点是资料品质最差的中间取心点，该点地下0.6~4.1m存在淤泥质—粉质黏土与粉土互层，颜色呈灰色，粉质黏土呈流塑状态，高压塑性。粉土呈松散状态，中压缩性，震动呈坍流状（形似豆腐）。这个明显不同很可能是引起资料品质变差的一个原因。

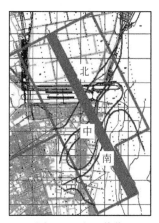

图2.5　取心井位

天津市素称九河下梢，施工区就处于独流减河入海口，历史上河流改道残留的古河道很发育。因此，决定依照确定的低频区范围开展面积取心分析。取心深度6~8m，网格密度1km×1km，作出了淤泥分布情况及淤泥厚度等值线图，其范围与地震资料品质变差的范围基本一致。

2.1.4　近地表特异区的震检组合对策

上述试验分析基本结论为：

（1）在低品质区加大井深激发不能改善地震资料品质；

（2）在低品质区采用组合激发，地震资料有一定改观，主要目的层能量、频率都有明显提高，断层清晰度、波阻特征、信噪比有提高；

（3）深层和潜山地震资料品质也有一定改善；

（4）相同的总激发药量下，组合井个数越多，激发能量越强，但3口井组合即接近饱和值；

（5）在激发条件较差的地区，增加检波器面积组合和检波器个数对改善资料品质有一定效果。

根据分析结果，制定了激发、接收的分区施工策略：在南、北两侧资料品质较好的区域采用2口井组合激发，在资料品质最差的中间区域采用3口井组合并加密激发点（增加覆盖次数）的激发方式。接收方面采用全区一致的2串检波器面积组合接收。采用新的施工参数后，单炮品质明显提高（图2.6），二维试验线的总体效果也较好（图2.7），使三维采集项目得以继续实施，最终完成了勘探地质任务。

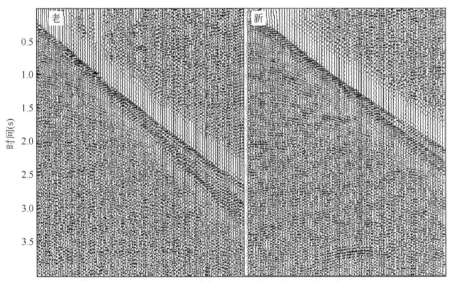

图2.6　新、老参数的同点激发单炮对比图

2.1.5　地表障碍区小药量组合激发技术对策

上述的近地表结构异常区勘探实例说明了震、检联合组合方式在低品质区采集的作用。接收端组合检波的作用是众所周知的，也是野外采集的基本方法和通用技术。前人的研究成果表明，震源的组合特性与检波器组合特性基本一致，也具有方向效应、统计效应和平均效应。这些综合效应虽然不完全等同于检波器组合，但在提高原始资料能量、信噪比方面的效果是明显的。然而，受勘探成本限制，在正常生产中很少采用震源组合激发方式。可控震源因为其地

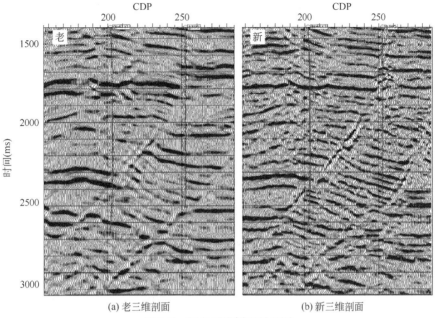

(a) 老三维剖面　　　　　　　(b) 新三维剖面

图2.7　新老三维剖面对比图

面震源特性，人们不得不采用组合方式压制强烈的噪声，提高能量和信噪比。炸药震源的组合生产方式在东部探区是难以规模开展的，但在复杂地表障碍区不得不采用小药量施工的情形下，采用组合激发不失为一个适宜的技术对策。

在此思路引导下，大港探区在三维地震二次采集期间开展了针对性试验，以此试验结果为指导，制定了地表障碍区激发方式的技术策略。试验是在沧东凹陷内一个三维地震目标采集项目进行的。该项目的勘探目标是地层—岩性油气藏和致密油藏，对地震资料的一致性要求高。施工地表的村镇、厂矿等障碍区多，禁炮区面积大，是大港探区常见的复杂地表类型。一般情况下，此类地表区采集项目的激发药量（生产试验确定的工区标准药量）正常率往往低于35%，大量的小药量激发点造成整个工区能量不均匀、一致性变差，影响岩性油气藏勘探精度。

该项目的正常激发参数为井深12m，药量3kg。通过震源组合效应分析，在常规试验点开展了同井深、总药量相同的组合井试验。图2.8是单井0.5kg、双井组合0.5kg（每口井0.25kg，即2×0.25kg）、单井1kg的单炮显示。从图中可以看出，在总药量相同的情况下（均为0.5kg），双井组合激发的信噪比明显强于单井激发，甚至接近单井1.0kg激发的效果。图中右侧的柱状图是三种激发方式的信噪比量化分析，柱状图分别为双井组合2×0.25kg、单井

0.5kg、单井 1.0kg 的单炮信噪比。从 2~80Hz、2~12Hz、10~20Hz、20~40Hz、30~60Hz 等不同频段进行了分析，双井组合激发的单炮信噪比在各个频段均明显高于单井激发。

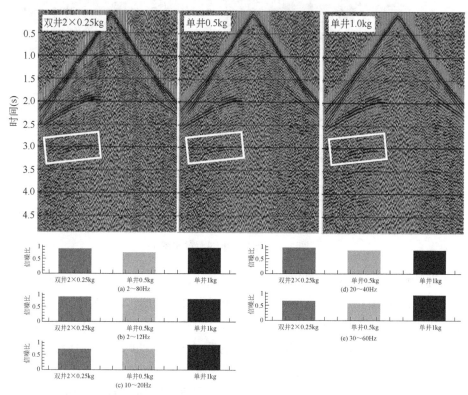

图 2.8　三种不同激发方式的单炮显示及信噪比分析对比图

图 2.9 为双井组合与单井两种激发方式所获单炮的振幅谱，在浅、中、深三个窗口中，组合激发的振幅强度和频宽都明显好于单井激发。

试验结果表明，在总药量相同时，组合井激发的能量明显比单井强，带宽也宽得多。进一步说明，虽然组合具有一定的低通效应，对噪声和信号均有压制作用，但对二者的压制程度不同，对噪声的压制效果更好，对有效波的压制较轻。在信噪比的量化对比分析中，全频段（2~80Hz）内组合井的信噪比为0.8，单井信噪比为0.7；低频段（2~12Hz）内组合井的信噪比为1.2，单井信噪比为1.1；优势频段（20~40Hz）内组合井的信噪比为1.3，单井信噪比为1.2。信噪比的有效提高是带来频带拓宽的主要原因。依托试验结论，大港探区制定了地表障碍区资料采集激发技术政策：在不得不采用低于1kg的小药

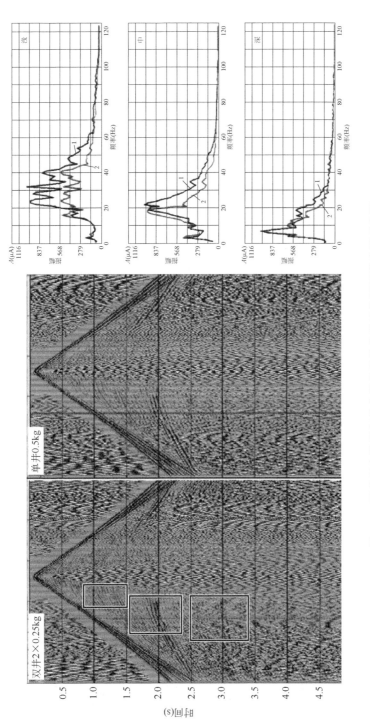

图 2.9　双井组合激发与单井激发的单炮显示及振幅谱分析对比图
1—双井 2×0.25kg；2—单井 0.5kg

量施工时，严格按照双井组合的施工方式进行，最大限度弥补了地表障碍区造成的能量、子波一致性和频宽影响，也为施工许可谈判争取了主动，为地震采集施工过程质控制定了量化考核指标。

2.2 可控震源与炸药震源对比试验分析

可控震源在大港探区使用较少，主要应用于城镇矿区的三维采集中。其中2007年大港城区（现属天津市滨海新区）、2008年塘沽—新港城区（现属天津市滨海新区）、2010年沧州城区均使用了可控震源激发，主要目的在于弥补城镇禁炮区地震采集资料空缺。大港城区和塘沽城区采用的可控震源为23T，沧州城区可控震源为28T。本节着重介绍沧州城区可控震源试验与炸药震源的对比试验，其结果可对东部探区的城区地震采集提供数据支持。这里对可控震源的常规参数试验及流程均略过，仅叙述对比部分。

在沧州城区外围选择了一处较安静公路旁开展该项试验，可控震源的激发参数采用常规试验确定的生产参数：扫描频率 6~64Hz，扫描长度 16s，台次 4×2，驱动幅度 70%；在同一地点采用生产井深，分别使用 0.1kg、0.2kg、0.4kg、1kg 炸药激发，共 4 炮。

对试验资料开展了频扫、能量真值、信噪比等分析工作。图 2.10 显示的单炮 30~60Hz 频扫表明，总体上可控震源在该地区的激发效果介于井炮的

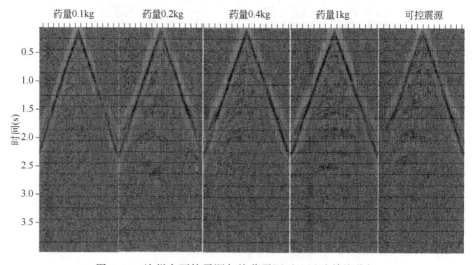

图 2.10　沧州市可控震源与炸药震源对比试验单炮分析

0.4~1kg 之间。

　　图 2.11 是 2008 年塘沽城区的相邻炮点 23T 可控震源与井炮对比。从全频带地震数据和 30~60Hz 以及 40~80Hz 的带通滤波数据的频扫对比可以看出，可控震源在该地区的激发效果仅与井炮的 2×0.1kg 组合井（总药量 0.2kg）相当。因此，可控震源可以作为东部城区地震勘探中禁炮区的补充，但规模应用的效果尚有待确认。沧州的试验区处于工区内相对干扰较小的区域，如果在干扰（特别是随机干扰大的地区——东部很常见）剧烈地区，可控震源扫描时长窗口内容易记录更多的噪声，并且其通行能力也有很大的挑战性。

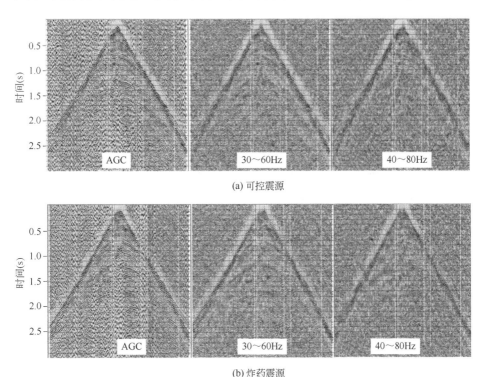

图 2.11　塘沽城区可控震源与炸药震源对比试验单炮分析

2.3　气枪震源激发参数试验分析及新技术介绍

　　大港探区的水域勘探范围包括渤海西侧的浅海区和水库、河流之类的内陆水域。不同类型的水域需要不同类型气枪震源船，主要分为拖、吊两种震源船。在开阔的深水海域采用大容量（3500in³ 以上）拖曳式气枪，船体较大，续航能力强。浅海（水深 10m 以内）海域一般采用小容量（2000～3000in³）侧吊式气枪，具备高机动性和倒车功能。内陆水域采用小容量气枪（400～1550in³），其灵活性强，可解体便于运输。

针对气枪震源的方法性试验不多，为保持本章激发方法叙述的系统性，结合实际生产项目对浅海水域侧吊枪激发试验进行简要介绍。

大港探区海域水深一般 5m 左右（平潮），属极浅海海域，采用 2000～3000in³ 容量侧吊式气枪，沉放深度控制在 2.5m。内陆水域主要是水库，采用 1550in³ 小容量气枪，沉放深度控制在 2m 左右。

2.3.1　气枪震源参数

1. 气枪阵列

因为单枪的激发子波能量和初泡比难以达到地震采集的需要，而且单枪所激发的子波也不是地质勘探所需的理想脉冲信号，因此需要组合枪阵激发，即将多只枪组合在一起，形成一个大的阵列震源。组合方式有协调组合和相干组合等。考察气枪阵列的优劣主要从阵列的远场子波入手，即考察远场子波的各项参数指标，如主脉冲值、峰—峰值、初泡比、气泡周期、主频、频带宽度以及子波的方向性等。

2. 工作压力和总容量

工作压力是指在气枪控制面板调压后，气枪在释放前达到稳定状态时的压力，单位为 psi；气枪总容量是指各枪容量之和，单位为立方英寸（in³）。

3. 峰—峰值

气枪震源要有足够的能量。没有足够大的激发能量，就没有较高的信噪比、和达到较深目的层的穿透能力及规定的分辨率。在一个特定的通频带内，能量越大越好。气枪阵列的能量用峰—峰值来表示，即子波第一个正脉冲与第一个负脉冲振幅之差，峰—峰值越大，表示阵列输出能量越强。

4. 初泡比

初泡比是第一个压力脉冲与第一个气泡脉冲振幅之比。初泡比越大，气枪阵列压制气泡效应越好，震源的信噪比就越高。从子波波形上看，低频的气泡脉冲幅度要小。这对高分辨率地震是非常重要的。为了保证取得较好的地震资料，初泡比一般要求不低于 15，通常要求在 20 以上。

对于一个气枪阵列来说，由于阵列确定了，最大气泡半径也确定了，就会有一个最佳沉放深度。如果气枪在这个最佳沉放深度激发，气泡能最大限度膨胀，激发效果最好。但如果水深小于这个最佳沉放深度，则要根据该阵列中的最大容量的气枪计算出最大气泡半径，进而计算出气枪阵列沉放水深的范围。

5. 频谱特性

气枪远场子波的频谱宽度是指在振幅谱上，振幅大于−6dB 的频率范围，它决定了气枪子波的分辨率。为达到较高的分辨率，振幅谱的低频信号部分能量应较强，频谱宽度要求足够宽，整个频谱要求展平。

6. 方向性

气枪阵列子波的方向性是指气枪阵列的设计难以达到严格的圆对称，而是具有一定的长度和宽度，使得气枪阵列不满足点震源假设条件，即气枪阵列子波并非以球形方式向周围传播。开展气枪阵列的方向性研究，可确定不同频率范围内子波能量在三维空间中的分布情况，并据此对海上地震勘探气枪阵列进行设计和优化。一般来说，气枪阵列子波的能量在各方向上的辐射特性，主要取决于阵列的矩阵大小、气枪组合的数量和分布的位置。通常气枪震源在 in-line 和 crossline 的方向性较明显。

2.3.2　气枪震源激发试验分析

气枪震源的阵列组合、容量等参数一般在施工前就已确定。生产中的激发因素试验主要为基于实际水况的气枪沉放深度、枪压试验等。以下是 2017 年板桥三维地震项目的气枪试验参数，气枪船为海豹 9 号，试验地点在天津南港工业区港池内。

1. 气枪震源参数

组合枪数：24。

最大容量：2426in^3。

最大压力：2000psi。

2. 试验内容

气枪枪压试验：1500psi、2000psi。

气枪沉放深度试验：1.5m、2m、2.5m。

3. 试验资料分析

图 2.12 为枪压试验的固定增益显示。气枪枪压试验表明，压力大时激发能量强，这是不言而喻的。在确保设备安全的条件下，一般选择 2000psi 枪压激发。

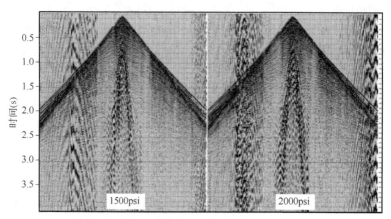

图 2.12 枪压试验单炮对比分析（固定增益）

进行气枪沉放深度试验时，气枪沉放深度在 2m 和 2.5m 都有较好的激发能量，1.5m 激发能量明显变差。因此，在水深条件许可情况下，选择气枪沉放深度 2.5m 激发；在水深较浅时，在确保航行安全前提下，可灵活选择气枪沉放深度在 2m 激发（图 2.13）。

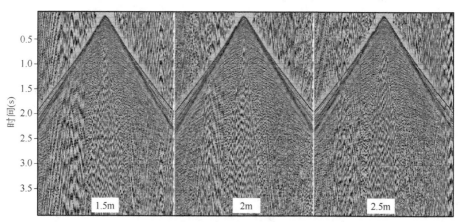

图 2.13 气枪沉放深度试验单炮对比（自动增益）

气枪激发效果主要取决于气枪阵列组合、气枪总容量、气枪压力。而评价其阵列优化效果的指标，主要由其远场子波的峰—峰值、初泡比、气泡周期、主频、频宽以及方向性等组成。气枪震源激发技术呈快速发展趋势，如在宽频勘探方面，为降低气枪震源激发产生的虚反射作用，出现了所谓的垂直震源法，即将两个枪阵按炮间距前后布置并分别沉放于同一垂直平面内的不同深度，通过两个枪阵交替激发施工，形成同一激发点位上两个不同激发深度的单炮记录。在处理中采用波场分离方法，剔除两个连续炮点记录的上行震源波场，削弱虚反射效应，提高地震资料分辨率。在提高施工效率方面，已经发展出了双船激发方式，类似于可控震源交替扫描、滑动扫描方法。多船激发实现在室内分类炮记录，进一步提高了海洋勘探效率。

2.3.3　气枪震源激发新技术介绍

1. 动态参数控制的气枪子波数值模拟

气枪阵列优化的主要技术指标是远场子波的各项参数，要求其具有能量强、初泡比高、频带宽等特征。然而在现实生产中实测远场子波难度较大、费用也高，常采用模拟手段求取。正确的远场子波不仅是采集环节质控所必需的，也是后续处理必不可少的参数。常规子波模拟方法将海水压力、流体黏度、海水温度等重要控制参数设定为测量常数，没有考虑它们随着气泡振动过程会不断发生变化且相互作用的影响。笔者对静水压力、海水温度和海水黏度在气泡振动过程中的变化进行研究，将其作为动态控制参数引入气泡振动的模拟过程，实现动态参数控制下的气枪子波模拟方法。

图2.14为该方法模拟的子波与常规方法模拟的子波、实测子波的对比。本方法较大幅度改善了模拟子波与实测子波的一致性，模拟子波与实测子波的

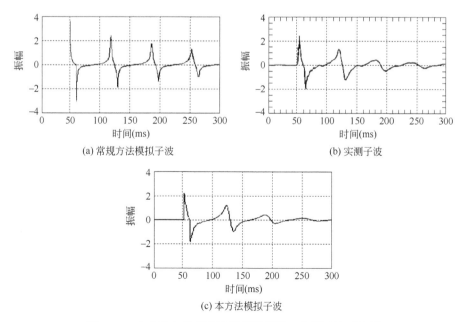

(a) 常规方法模拟子波 (b) 实测子波

(c) 本方法模拟子波

图2.14　本方法与常规方法的模拟子波、实测子波对比图

相似性由原来的 75%提高到 93%。

2. 气枪阵列子波方向性反褶积

与单枪相比，气枪阵列所激发的子波具有能量强、气泡比高等优点，因此，海上地震勘探多采用气枪阵列进行激发。由于气枪阵列具有一定的长度和宽度，加之海水虚反射的影响，气枪阵列子波具有明显的方向性效应。阵列子波的方向性破坏了地震子波的一致性，改变了反射振幅随入射角和方位角的函数关系，降低了利用 AVO（amplitude variation with offset，振幅随偏移距的变化）技术进行储层预测和裂隙分析的精度。

对于气枪阵列形成的地震记录，不同时间接收到的地震信号来自不同出射角和不同方位角的远场子波。方向性反褶积的目标就是将地震记录中随时间和空间变化的地震子波整形为稳态地震子波，消除阵列子波的方向性效应。实现的方法是，首先根据气枪阵列的空间配置及近场子波，计算与方位角、出射角有关的远场子波；随后基于速度模型计算不同时间地震反射在震源位置的出射角，构建方向性滤波算子；最后采用非稳态反演方法将不同方向的地震子波整形为阵列正下方的远场子波，实现气枪阵列子波方向性反褶积处理。

笔者设计了一个水平层状介质模型，进行了模型试验。模型试验采用的阵列由间隔 5m 的 5 只单枪构成，以主频 50Hz 的 Ricker 子波作为单枪子波。采用射线追踪确定反射时间，基于 Zoeppritz 方程确定反射系数，在不考虑透射损失和几何扩散情况下合成地震记录。图 2.15 是共炮点道集中最后一个地震道上的第一个反射记录显示，其中曲线 1 是单枪激发没有方向性影响的地震记录，曲线 4 是阵列激发具有方向性效应的地震记录，曲线 3 和曲线 2 分别是应用 f（频率）—k（波数）域方向性反褶积和应用本方法之后的地震记录。与 f—k 域方向性反褶积相比，本方法很好地消除了阵列子波方向性影响。

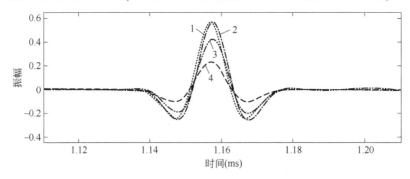

图 2.15　f—k 域方向性反褶积和本方法方向性反褶积之后地震子波对比图

应用该方法在实际采集的地震数据上进一步验证。该项目采集参数的气枪阵列由 36 只相干枪构成，沿排列方向的长度为 14m，垂直于排列方向的长度为 10.7m，沉放深度为 5m。图 2.16 是方向性反褶积前后共炮点道集及两者残差剖面（c）的对比，为方便对比，残差剖面的振幅整体放大了 10 倍。可以看出，尽管方向性反褶积前后的共炮点道集在视觉上没有明显差异，但从两者残差剖面上可以明显地看出气枪阵列子波方向性的影响。

方向性效应在浅层大炮检距处较为明显，在深层小炮检距处影响较弱。为考察方向性反褶积对 AVO 特征的恢复能力，计算了零炮检距 800ms 附近地震反射的均方根振幅。图 2.16(d) 显示了方向性反褶积前后振幅随炮检距的变化情况，其中曲线 1 是方向性反褶积前的 AVO 曲线，曲线 2 是方向性反褶积后的 AVO 曲线。可以看出，方向性反褶积在一定程度上恢复了反射振幅与炮检距的函数关系。

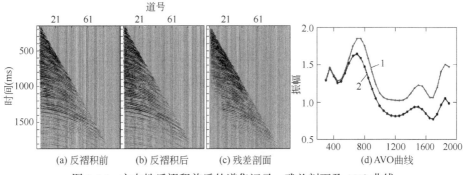

图 2.16　方向性反褶积前后的道集记录、残差剖面及 AVO 曲线

小型电火花震源试验分析

电火花震源是电能震源的一种。它是利用电容器将所储藏的电能加到置于水中的电极上，在极短的瞬间（微秒级）释放高压电（即放电），形成上万摄氏度的电弧，将水汽化，产生冲击压力波。电火花震源可分为陆地和海洋两类，陆地电火花震源多采用井中激发方式，也可地面挖坑或容器储水方式激发。

一般来说，电火花震源具有以下特点：

（1）操作安全，无污染，环境危害小，适用范围广；

（2）波形重复性高，时间一致性、频率特性与爆炸震源相似；

（3）功率可控、水陆两用且移动较方便，对不同地表有较强的适应性；

（4）可以与各型号地震仪匹配，可以根据需求叠加能量。

大港探区早期曾采用陆地电火花震源，用于 VSP 测井（垂直地震剖面测井）。为适应地震勘探对激发震源的多样化需求，在渤海区域开展了浅海电火花震源采集试验。试验采用的电火花震源最大能量 400kJ，试验水深 2m，采用单串激发，并与气枪震源进行对比，图 2.17 和图 2.18 分别是两类震源激发单炮和二维叠加剖面对比图。图中展示的是 10~20Hz 频扫剖面，总体上电火花的能量低于气枪，因而信噪比略低，但仍不失为一个可供选择的震源类型。

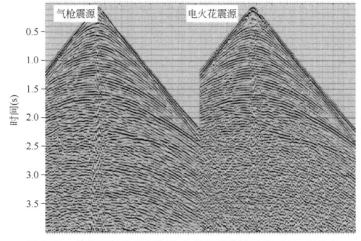

图 2.17　浅海区气枪震源与电火花震源单炮对比（10~20Hz）

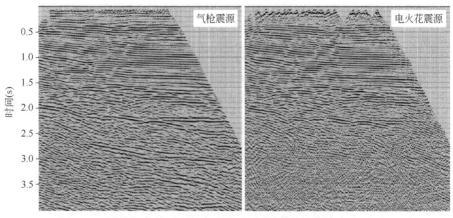

图 2.18　浅海区气枪震源与电火花震源叠加剖面对比（10~20Hz）

"十三五"期间,为规模开展近地表结构测量、反演工作,系统开展了小型电火花震源试验,目的是考察电火花震源的能量、可重复性、一致性等内容。试验中将电火花与雷管作为对比标的,期望能在无须办理民爆使用证情况下,应用电火花震源解决激发问题。

2.4.1 试验方法

选用的小型电火花震源最大输出能量为30000J,首先对不同输出能量进行多炮对比,选用最佳激发能量(波形明晰干脆、不超调)开展试验。

试验炮检点布设:在半径为5m的圆上钻6口井作为激发井,其中3口使用雷管震源激发,另外3口使用电火花震源激发。井间距为1m,井深为9m,各井激发深度均为9m、5m、1m,每口井各激发3炮,共9炮(图2.19)。

在圆心部署9个检波器,其中,2个BHK检测器和3个20DX检测器埋置状态良好,2个20DX检波器与地面耦合较差,2个20DX检测器插置在地面,同时接收每一炮,道号标记清楚。埋置不同状态检波器的目的是同时考察检波器埋置对子波的影响,此部分不属于本节叙述内容。

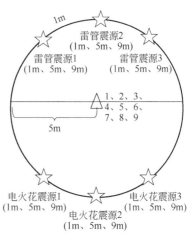

图2.19 电火花震源试验炮检点关系示意图

2.4.2 试验分析

1. 激发一致性分析

采用电火花震源激发的3口井选取了等深度的5m位置激发,得到3炮记录,观察其波形相似度。进一步分别在时间域和频率域振幅上量化计算,进行两两对比,计算相似系数并取均值。对雷管震源激发的3口井也进行完全相同的分析。

为避开初至波干扰,仅截取直达波的1~2个相位(波瓣),考察电火花震源和雷管震源在相同激发深度的一致性。图2.20是3口井均在5m激发,截取一个瓣(图中箭头所示)进行电火花震源和雷管震源对比。图2.20(a)为电火花震源资料,图2.20(b)为雷管震源资料。在电火花震源的3口井两两对比中,第一炮与第二炮、第二炮与第三炮、第一炮与第三炮的相似系数分别为 95.11%、85.48% 和 97.29%，均值为 92.63%；在雷管震源的 3 口井两两对比中，第一炮与第二炮、第二炮与第三炮、第一炮与第三炮的相似系数分别为 99.56%、99.85% 和 99.75%，均值为 99.72%。

图 2.21 是 3 口井均在 5m 激发，截取两个瓣（图中箭头所示）进行电火花震源和雷管震源对比。图 2.21(a) 为电火花震源资料。图 2.21(b) 为雷管震源资料。在电火花震源的 3 口井两两对比中，第一炮与第二炮、第二炮与第三炮、第一炮与第三炮的相似系数分别为 97.81%、95.34% 和 98.74%，均值为 97.60%；在雷管震源的 3 口井两两对比中，第一炮与第二炮、第二炮与第三炮、第一炮与第三炮的相似系数分别为 99.87%、99.45% 和 99.58%，均值为 99.63%。

以上计算结果表明，分析步长一个瓣和两个瓣的相似度计算，电火花震源和雷管震源均很高，表明它们的一致性均很好，都可作为理想的近地表结构测量激发震源。

2. 激发重复性分析

在同一口井相同深度（比如 5m 位置）重复激发 3 次，得到 3 炮记录，观察其波形相似度。进一步截取一个瓣、两个瓣分别在时间域和频率域振幅上量化计算，进行两两对比（第一炮与第二炮、第二炮与第三炮、第一炮与第三炮），计算相似系数并取均值。

图 2.22 是同一口井 5m 重复激发 3 次的波形记录和振幅谱显示，截取一个瓣（图中箭头所示）进行电火花震源和雷管震源对比。图 2.22(a) 为电火花震源资料，图 2.22(b) 为雷管震源资料。在电火花震源重复激发 3 炮的两两对比中，第一炮与第二炮、第二炮与第三炮、第一炮与第三炮的相似系数分别为 92.41%、82.28% 和 97.75%，均值为 90.81%；在雷管震源重复激发 3 炮的两两对比中，第一炮与第二炮、第二炮与第三炮、第一炮与第三炮的相似系数分别为 98.93%、95.01% 和 89.60%，均值为 94.51%。

图 2.23 是同一口井 5m 重复激发 3 次的波形记录和振幅谱显示，截取两个瓣（图中箭头所示）进行电火花震源和雷管震源对比。图 2.23(a) 为电火花震源资料，图 2.23(b) 为雷管震源资料。在电火花震源重复激发 3 炮的两两对比中，第一炮与第二炮、第二炮与第三炮、第一炮与第三炮的相似系数分别为 92.16%、80.48% 和 97.00%，均值为 89.88%；在雷管震源重复激发 3 炮的两两对比中，第一炮与第二炮、第二炮与第三炮、第一炮与第三炮的相似系数分别为 98.64%、98.17% 和 94.45%，均值为 97.09%。

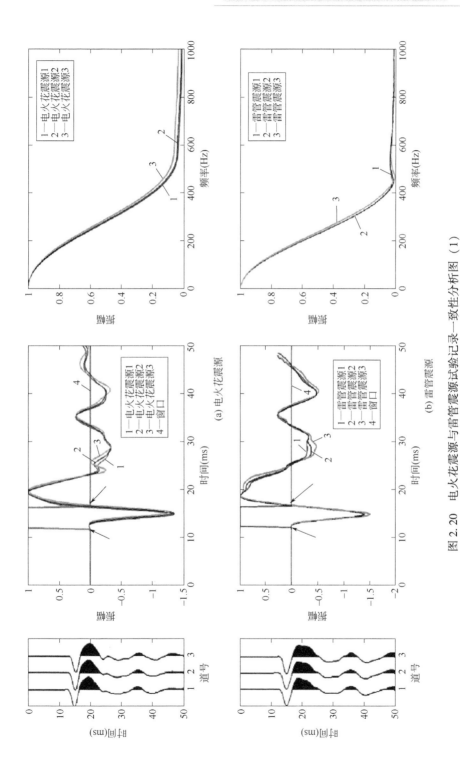

图 2.20　电火花震源与雷管震源试验记录一致性分析图 （1）

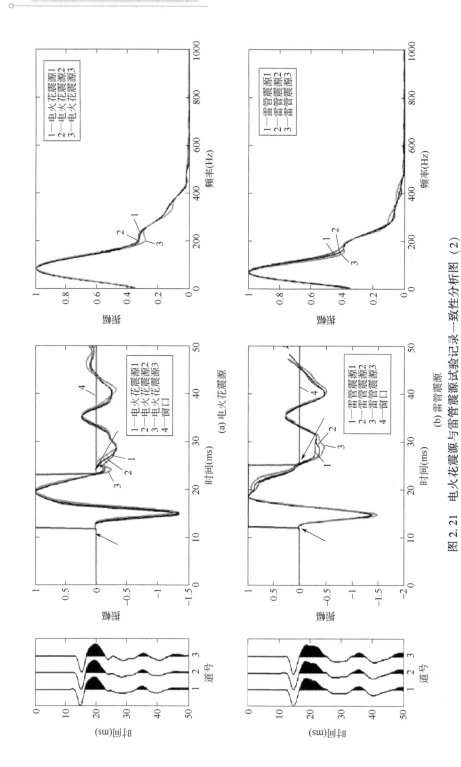

图 2.21　电火花震源与雷管震源试验记录一致性分析图（2）

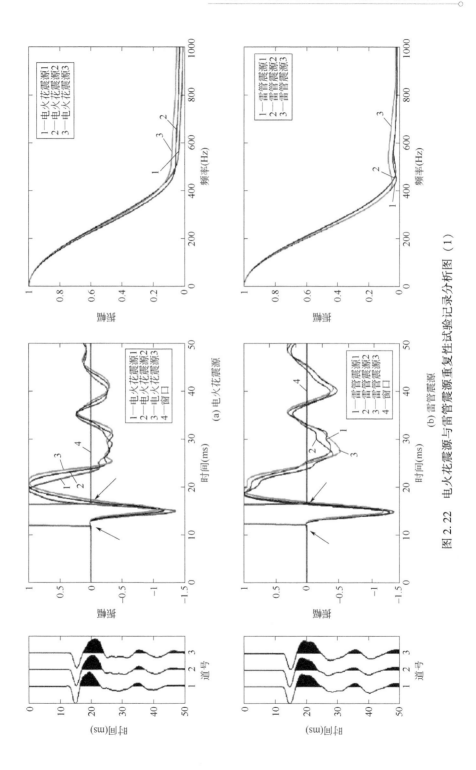

图 2.22 电火花震源与雷管震源重复性试验记录分析图 (1)

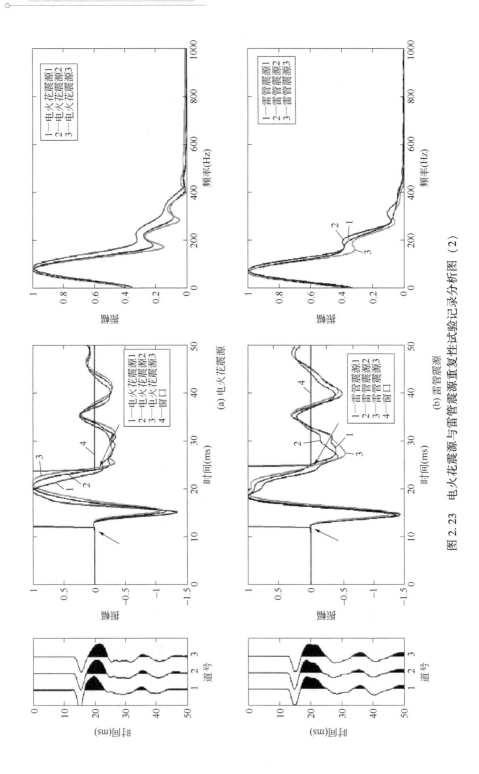

图 2.23　电火花震源与雷管震源重复性试验记录分析图（2）

以上计算结果表明，分析步长一个瓣和两个瓣的相似度计算，电火花震源和雷管震源均很高，表明它们的重复性也很好。总体上，在一致性和重复性方面，雷管震源略高于电火花震源。但在技术指标都可达标情况下，电火花震源具有可随时施工的巨大优势。大港探区在全区开展的近地表结构测量工作中，野外施工震源全部采用小型电火花震源，在质量、效率、安全环保等方面都满足了项目要求。

2.5 地震激发对建筑物的震感试验分析

地震勘探野外采集对施工区域内的环境有一定程度影响，这一点是毋庸讳言的。随着地震施工勘探权的取得越来越难，特别是东部人口稠密、城镇发达地区，施工权属矛盾日益突出，工农赔偿比例逐年上升，甚至影响项目正常运行。歧口凹陷三维地震二次采集项目涉及多个城镇、工矿区，为确保地震测线安全、平稳地通过这些人口密集的作业区域，开展了地震激发对建筑物的震感试验。该试验实地测量激发震源工作时产生的地表振动，为施工激发震源的选取及其产生的振动噪声判定提供科学的参考数据。

在炸药震源试验方面，国际地球物理承包商协会制定了激发点与物标之间的最小距离标准，该标准仅可作为参考，当地政府、居民未必认可（表2.1）。

表 2.1　地震勘探激发源对建筑物震感试验

物标	安全距离（m）
管道	60
传输线（输气）	60
油井	60
水井/水塔/砖石建筑物	90
铁路	30
电线	23
电话线	12

本次震感试验分别针对可控震源和炸药震源开展，振动测试的数据采集及处理工作由天津市工程地震研究中心承担。测试采用5套由瑞士产MR2002-CE型数据采集器和加速度计组成的SYSCOM数字地震观测系统，采样频率为

每秒 200 点，采样率为 0.005s，记录的物理量为加速度。

2.5.1 可控震源地震感应测试分析

试验地点选定在天津滨海新区官港森林公园和附近的道路，测试周边地形平缓，属于空旷地带，环境噪声较小。测试数据接收点均布置于坚实平坦的土质地面。其中官港森林公园测点震源激发点为水泥路面，道路测点震源激发点为柏油路面。

1. 测试方案

1）1 号测点（官港森林公园内）

数据接收：设置 5 个地表振动加速度观测点，各观测点距震源水平距离分别为 5m、10m、20m、30m、40m，各点进行同步记录。

可控震源的扫描频率固定为 8~84Hz，扫描时间固定为 14s，起始和终了斜坡固定为 300ms，分别试验不同振动台次、不同驱动幅度的震感。

震源台次：1、2、3、4。

驱动幅度测试：60%、65%、70%、75%、80%。

2）2 号测点（道路上）

数据接收：设置 5 个地表振动加速度观测点，各观测点距震源水平距离分别为 5m、10m、20m、30m、40m，各点进行同步记录。

可控震源的扫描频率固定为 8~84Hz，扫描时间固定为 14s，起始和终了斜坡固定为 300ms，分别试验不同振动台次、不同驱动幅度的震感。

震源台次：3、4。

驱动幅度测试：65%、70%、75%。

2. 测试结果分析

本次测试在 1 号测点获得 100 条有效记录，在 2 号测点获得 30 条有效记录。篇幅所限，详细数据不予赘述，这里只介绍重点分析结果。

图 2.24 为固定可控震源驱动幅度 70% 时，不同距离（40m、30m、20m、10m、5m）测点的地表垂直向加速度振动波形。为便于显示，最远测点的加速度标尺为 $\pm 0.5 \text{m/s}^2$，最近测点的加速度标尺设定为 $\pm 5 \text{m/s}^2$。

图 2.25 为固定 10m 测点距离，可控震源的驱动幅度分别为 60%、65%、70%、75%、80% 时的地表垂直向加速度振动波形。为便于显示，80% 驱动幅度时的加速度标尺为 $\pm 5 \text{m/s}^2$，60% 驱动幅度时的加速度标尺设定为 $\pm 2 \text{m/s}^2$。

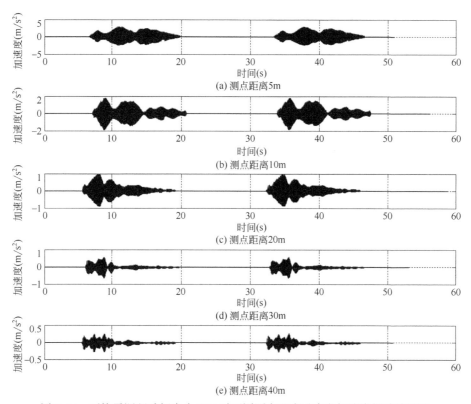

图 2.24　可控震源驱动幅度为 70%时不同测点地表垂直向加速度振动波形图

针对不同激发地面条件、不同驱动幅度震动测试结果的分析，可得出如下结论：

（1）在距离震源较近处（5m、10m），相同震源组合在水泥路面激发的振动量普遍大于柏油路面所激发的振动量，较远处差异不明显；

（2）在距离震源较远处（20m 以上），垂直向振动量普遍大于水平向振动量；

（3）在相同振动台次和驱动幅度时，测点振动量随测试距离的增加而减小，但距离震源较远处（20m 以上）衰减较慢；

（4）在相同震源台次时，同一测点振动量随着驱动幅度的增加而增加；

（5）由于可控震源具有一定的扫描长度，因此在相同驱动幅度时，距离震源较近处（5m、10m）的测点振动量不完全随振动台次的增加而增加。

在所有测试数据中，位于官港森林公园水泥路面上的各观测点，其垂直向加速度最大值为 5.49m/s^2，水平向加速度最大值为 5.98m/s^2，均为距离震源

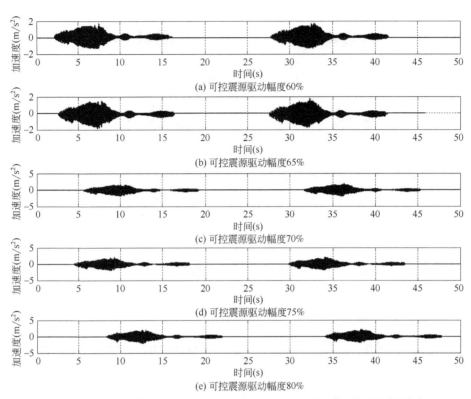

图 2.25 可控震源不同驱动幅度时 10m 测点记录到的地表垂直向加速度振动波形图

5m 处所观测到的。距离震源 5m 和 10m 处的地表水平向峰值加速度值，在各个驱动幅度（2 台次除外）均已超过 0.90m/s²。参照 GB/T 17742《中国地震烈度表》，相当于超过地震烈度Ⅶ度，且沿道路方向均已超过地震烈度Ⅸ度（大于 3.54m/s²）；2 台次的地表水平向峰值较小，但垂直向峰值加速度值较高，也基本达到或超过了地震烈度Ⅶ度。因此，在距离 10m 以内的区域内，在各个台次和驱动幅度下，都将产生大于地震烈度Ⅶ度的震动，会对建筑物形成震动破坏。

然而，震动随距离衰减很快，当施工距离达到并超过 20m 时，振动幅度明显减小。各个台次与各个驱动幅度的垂直向峰值加速度最大为 0.7m/s²，水平向峰值加速度仅为 0.2m/s² 左右，相当于地震烈度Ⅴ度以下。一般情况下，不会对建筑物构成破坏。

当在柏油路面上施工时，震动影响明显变小，3~4 台次在 5m 距离处的水平向峰值加速度最大不超过 0.90m/s²，即不超过地震烈度Ⅶ度（0.90 ~ 1.77m/s²），在 10m 距离处均没有超过Ⅵ度（0.45 ~ 0.89m/s²）。垂直向峰值加速度在 5m 和 10m 处的峰值分别达到了 $2.38 \sim 3.04 m/s^2$ 和 $1.25 \sim 1.97 m/s^2$，但垂直向加速度对建筑物的影响要小于水平向加速度。

可控震源震感试验基本结论：当在水泥路面施工时，震源会对 10m 以内的建筑物造成相当于地震烈度 Ⅶ 度以上的破坏影响；但当施工距离超过 20m 时，不会对地基条件较好并良好设防的建筑或构筑物造成震动破坏影响。

在柏油路面施工时，施工至少避让到离建筑物 10m 以外的距离，这样才不会对地基条件和设防较好的建筑物或构筑物造成震动破坏影响。

另外，本次试验采用的震源扫描频率为 $8 \sim 84Hz$，该频段正处于人体对环境振动最为敏感的部分，因此施工时震源所产生的中强振动无疑会对附近居民造成影响。建议在施工时参照 GB 10070《城市区域环境振动标准》的相关规定，采取适当降噪措施，降低噪声对周边居民的影响。

2.5.2　炸药震源地震感应测试分析

试验地点在大港官港森林公园，试验点周边地形平缓，属于空旷地带，环境噪声较小。测试数据接收点均布置于坚实平坦的土质地面。

1. 测试方案

数据接收：设置 5 个地表振动加速度观测点，各点距震源水平距离分别为 10m、30m、50m、100m、150m，各点进行同步记录。

激发井深分别为：9m、12m、15m、18m、21m。

激发药量分别为：0.1kg、0.2kg、0.4kg、1.0kg、2.0kg。

2. 测试结果分析

本次测试共获得 125 条有效记录。为了使测试结果能与 GB 6722《爆破安全规程》中相关允许标准相一致，对测试数据进行基线校正、数字积分（将测到的加速度转变为速度值）、滤波等处理，分别给出了各记录在小于 10Hz、$10 \sim 50Hz$ 及 $50 \sim 100Hz$ 频段内的峰值速度值。

图 2.26 为 1.0kg 药量激发情况下不同距离的测点处获取的地表速度振动波形。为便于一体化显示，不同距离测点的速度标尺范围值不同（详见纵坐标）。

图 2.27 是不同药量激发 30m 测点位置测到的地表速度振动波形图。为便于一体化显示，不同药量测点的速度标尺范围值不同（详见纵坐标）。

通过在相同地面接收条件、不同激发井深及激发药量的振动组合测试结果的分析，可得出如下结论：

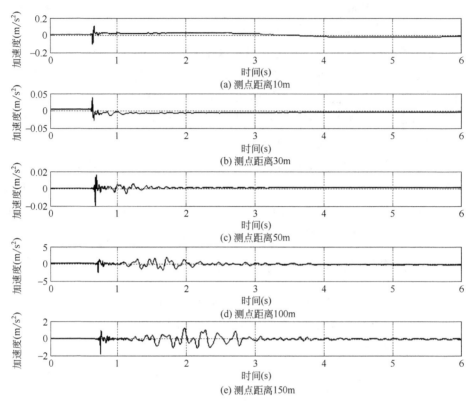

图 2.26　1kg 炸药震源激发、不同距离测点的地表速度振动波形图

（1）激发井深及激发药量相同时，测点垂直向振动随测试距离的增加而减小，但水平向振动并不完全随测试距离的增加而减小。

（2）在距离震源较近处（10m、30m），同一测点垂直向振动速度量大于水平向振动速度。在距离震源较远处（100m、150m），同一测点水平向振动速度量大于垂直向振动速度量。

（3）在相同激发药量条件下，测点振动速度量与激发井深无明显的对应关系。

（4）各测点振动速度量基本随激发药量的增加而变大，2.0kg 药量激发产生的水平向振动量最大，在距离 10m 处的水平向峰值速度为 8.52～9.66cm/s，根据 GB/T 17742《中国地震烈度表》，相当于地震烈度Ⅶ度；在距离 30m 处的水平向峰值速度最大为 3.35～4.21cm/s，相当于地震烈度Ⅵ度。1.0kg 药量在 12～15m 深度激发产生的水平向振动量最大，在距离 10m 处为 6.75～7.09cm/s，相当于地震烈度Ⅵ度；在距离 30m 处产生的最大振动量为 2.52cm/s，相当于

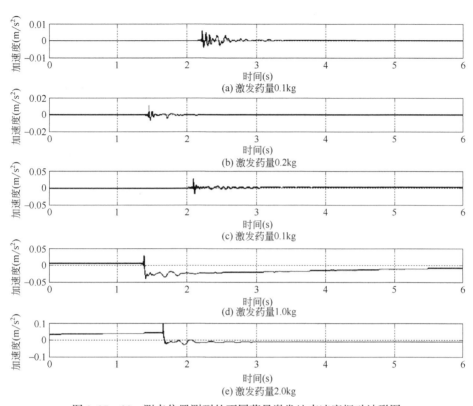

图 2.27 30m 测点位置测到的不同药量激发地表速度振动波形图

地震烈度 V 度。其他小于 1.0kg 药量的激发，在 10～150m 距离能产生的水平最大震动量相当于 VI 度弱。

当激发药量为 1.0kg 及 2.0kg 时，震源产生的振动将可能对距震源 30m 以内区域的建筑产生影响；当药量小于 1.0kg 时，在近距离处也能产生近于 VI 度的烈度影响。因此，建议在施工时参照 GB 6722《爆破安全规程》的相关规定，保证爆破安全距离至少超过 30m。

思考题和习题

1. 控震源的非线性扫描方式主要用途是什么？
2. 简述评价气枪阵列的主要参数指标、各参数的含义及代表的物理含义。
3. 简述电火花震源的主要特点。
4. 简述开展地震激发对建筑物震感试验的目的及意义。

第3章
地震资料采集
接收方法试验分析

几乎在每一个重要的勘探节点转换以及地震勘探的地质任务要求变化较大时，对野外采集接收方法的优化具有与观测系统优化同等重要的地位。大港探区在勘探地质任务的驱动下，针对接收方法开展了以下几类试验：

第一类是不同类型检波器接收效果试验，包括组合检波与单点接收试验、模拟检波器与数字检波器的对比试验；

第二类是同型号检波器的埋置方法（耦合差异）影响试验；

第三类是野外组合效果与室内数字组合效果考察试验；

第四类是风噪对地震振幅影响的量化分析试验，这个试验不是严格意义的接收试验，但需在检波器接收试验依托下展开。

本章内容是对各类试验结论的认识总结，有些结论和观点可能和传统认识或"主流"观点有出入，但这些内容是在特定条件和环境下的试验结论，希望能对读者思路开阔有所裨益。

3.1 单点接收与组合接收试验分析

组合接收是普遍采用的压制干扰波、突出有效信号方法，是提高地震资料信噪比的一件利器。20 世纪八九十年代到 21 世纪最初 10 年期间，陆上几乎所有的规模地震勘探项目均采用组合检波方式，实施过程中的技术重点主要为组合方式优化。高密度地震采集技术逐步推广以来，人们对组合接收的高截频效应讨论越来越多，施工中从减小组合距到单点接收，近期高密度采集项目单点接收的应用越来越普遍，并且认为：

（1）单点接收保持了无叠加损失的频带宽度，其地震数据表现为较宽的频带；

（2）单点接收消除了地表、近地表高程和速度变化引起的旅行时差影响，同时也消除了组合检波中不同检波器之间的耦合差异、检波器个体之间允差的影响，提高了地震信号的保真度，利于野外静校正和资料品质提升；

（3）单点接收可以提高施工效率，进而在一定程度上抵消宽方位、高密度地震技术所带来的勘探成本增加。

大港探区的组合接收与单点接收对比试验也是基于上述考虑，这里主要分析 2 个试验项目。

3.1.1 孔东斜坡区组合与单点接收二维试验分析

1. 试验方案

采用二维测线滚进滚出施工方法，测线部署长度为 8km，满覆盖长度约 5km，纵向观测系统为 2995m—5m—10m—5m—2995m，道距为 10m，炮点距为 20m，CDP 点距为 5m，满覆盖次数为 150 次。

试验中铺设 3 条排列，分别为模拟检波器 20DX 单串、模拟检波器 20DX 单只、数字检波器 DSU 单只。本次试验的另一项内容为模拟检波器与数字检波器比较，将在 3.2 节论述，此处仅讨论同类型的 20DX 检波器单串与单只接收的异同。20DX 单串检波器由 9 个检波器组成，施工组合图形为 10m×10m（图 3.1）。

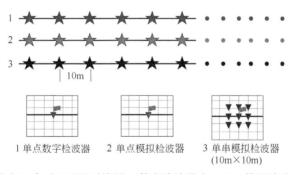

图 3.1 单点与组合对比观测系统图（数字检波器为 DSU，模拟检波器为 20DX）

2. 试验分析

从单炮记录、振幅曲线、单炮记录上浅中深窗口频谱、叠加剖面的整体效果与局部放大效果、剖面的浅中深窗口频谱等方面进行对比分析。

1）单炮分析

图 3.2 为组合与单点接收的单炮固定增益显示及振幅曲线，可以看出组合

接收的能量整体强于单点接收，不同深度均较明显。振幅曲线定量分析表明，组合接收的振幅值在各个时间段均可达到单点接收的 2~3 倍。这与采用的单串 20DX 为 3 串 3 并连接方式理论振幅与单只的倍数关系基本一致。因为撇开其他因素影响，接收能量的强弱主要与检波器的灵敏度相关，以 3 串 3 并连接方式组成的检波器串，其灵敏度理论上是单只检波器的 3 倍，肯定会体现在振幅值方面。

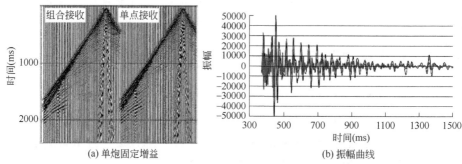

(a) 单炮固定增益   (b) 振幅曲线

图 3.2 单只 20DX 与单串 20DX 的单炮固定增益显示及振幅曲线分析图

图 3.3 为组合与单点接收单炮的 700~1300ms 时间窗口频谱对比，以 −20dB 线为标准，显示出单串组合接收的频带高频端为 117Hz，单只检波器接收的频带高频端为 132Hz，单点接收的频带略高于单串组合接收。

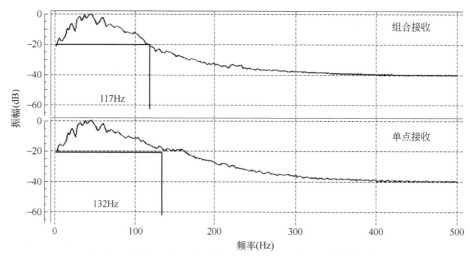

图 3.3 模拟单点与组合单炮 700~1300ms 时窗频谱分析图

2）剖面分析

图 3.4 为组合与单点接收的叠加剖面，二者的整体信噪比基本相当，但在

局部地区有一定差异。图中标记的位置处体现更明显，组合接收的信噪比高于
单点接收。

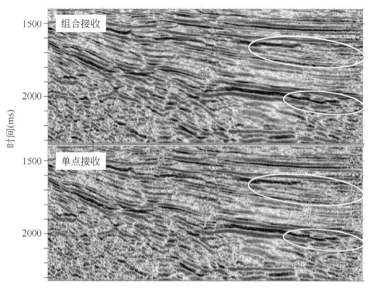

图 3.4　单点接收与组合接收叠加剖面对比图

　　图 3.5 为两类叠加剖面浅、中、深不同窗口的频谱对比，以-20dB 线为标
准，单串组合与单点接收的频带高频端浅层均在 85Hz 左右，中层均在 50Hz
左右，在深层的频谱表现上，组合接收的频带高频端在 36Hz 左右、单点接收
的在 40Hz 左右，略宽于组合接收。

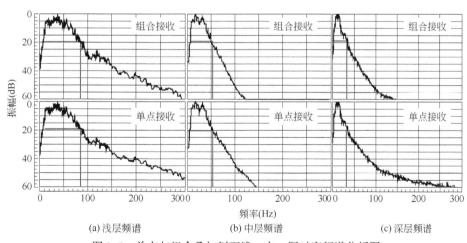

(a)浅层频谱　　　　　　　(b)中层频谱　　　　　　　(c)深层频谱

图 3.5　单点与组合叠加剖面浅、中、深时窗频谱分析图

因此，这个简单试验的基本结论为：（1）组合接收信噪比强于单点接收；（2）组合接收的高截频效应并不明显，频谱上二者几乎相当；（3）同类地区和地质任务要求下，采用较小基距的组合接收更有保障。当然，高信噪比地区可以大胆采用单点接收方式来提高地震资料分辨率。

3.1.2 孔南26×1井区组合与单点接收二维试验分析

1. 试验方案

试验采用的单点检波器是SG-5（主频5Hz）与单串20DX的对比。试验依托三维采集生产项目，该项目采用单点（SG-5）接收，试验时在生产排列上多铺设1条单串组合的20DX检波线，构成了一条20DX单串组合与SG-5单点接收的对比试验。

试验纵向观测系统为3790m—10m—20m—10m—3790m，道距为20m，炮点距为200m，CDP点距为10m，满覆盖次数为19次。

20DX检波器串组合图形为圆形，8只检波器埋置在圆周上、1只埋置在圆心，与单只的SG-5检波器位置重合，圆形半径和圆周上的组内距均为5m，如图3.6所示。

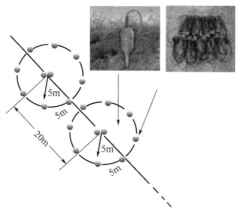

图3.6 单点SG-5（圆心）与组合20DX（圆周）埋置示意图

2. 试验分析

分别对单炮和叠加剖面的低通、高通、频谱等几方面开展对比分析。

1）单炮分析

图3.7为组合与单点接收的单炮自动增益及低通4~8Hz显示，两类检波器差别不大，SG-5的低主频特性在实际资料的显示并不明显。

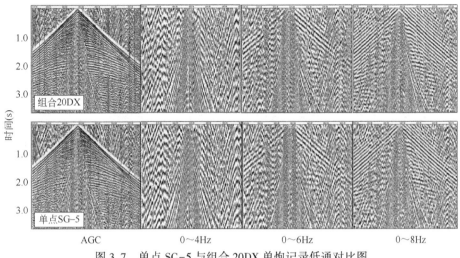

图 3.7　单点 SG-5 与组合 20DX 单炮记录低通对比图

在它们的 36Hz、40Hz、44Hz 的高通显示方面，两类检波器的高频特性几无差别（图 3.8）。图 3.9 是单炮记录的浅、中、深 3 个时间窗口振幅谱，浅层窗口上二者的低频端相同，高频端 20DX 的频谱略高，以 -20dB 线为标准，20DX 检波器串的频谱约为 84Hz，SG-5 的高频端约为 80Hz；中层窗口上二者的高频端基本相同，以 -20dB 线为标准均不到 30Hz，SG-5 的低频端约拓宽 3Hz 左右；在深层 SG-5 的低频优势更明显一些，以 -20dB 线为标准约拓宽 4Hz 左右，在高频端 20DX 有所拓展。

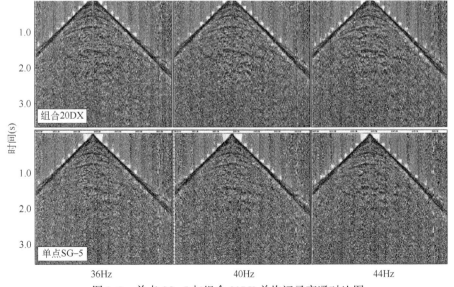

图 3.8　单点 SG-5 与组合 20DX 单炮记录高通对比图

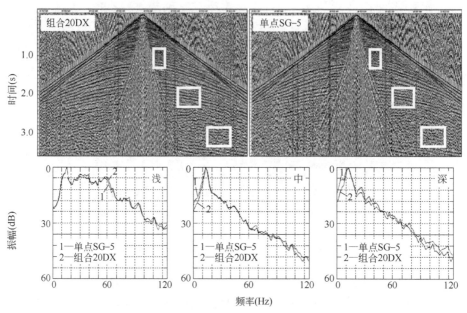

图 3.9　单点 SG-5 与组合 20DX 单炮记录浅、中、深时窗频谱特征图

2）剖面分析

图 3.10 为组合 20DX 与单点 SG-5 接收的偏移成果剖面，二者的整体面貌基本相当，但在局部地区有一定差异。由图中标记的椭圆位置可以看出，组合接收的信噪比高于单点接收。图中标记的矩形位置上，在需要体现层间弱反射及地层细节方面，单点接收确实体现出了一些优势。

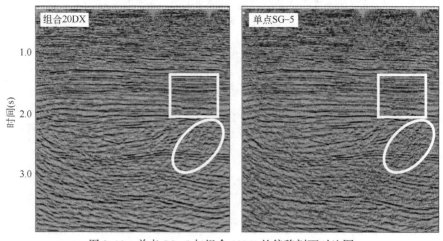

图 3.10　单点 SG-5 与组合 20DX 的偏移剖面对比图

图 3.11 为组合 20DX 与单点 SG-5 接收成果剖面的浅、中、深不同窗口的频谱对比。浅层时窗内二者的高低频端均无明显差别，曲线几乎重合；中层时窗内单点接收剖面的高频优势更明显，以 -20dB 线为标准，去掉噪声干扰因素，也比串组合接收宽约 4Hz 左右；深层时窗内单点接收剖面的高频端明显好于串组合接收，以 -20dB 线为标准，高频拓宽 8Hz 以上。

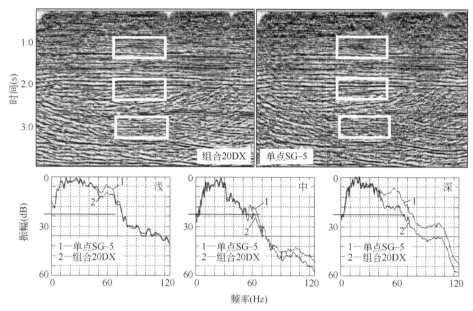

图 3.11 单点 SG-5 与组合 20DX 的偏移剖面上浅、中、深时窗频谱对比图

因此，孔南 26×1 井区的组合 20DX、单点 SG-5 接收试验与孔东斜坡区二维试验的结论基本相当，即：（1）组合接收信噪比强于单点接收；（2）单点接收的频带更宽一些，在成果剖面上体现更明显；（3）检波器类型差异（主要是主频和灵敏度）也会不同程度地影响试验结果，但总的单点接收与串组合接收差异结论还是成立的。

3.1.3 野外组合与室内数字组合对比试验分析

3.1.1 和 3.1.2 讨论了单点接收与组合接收的试验过程与结论，本小节进一步展示同类检波器的单点与组合、野外组合与室内数字组合效果比较的试验。

具体试验方案：单只 20DX、单串 20DX（9 只 3 串 3 并、组合图形 10m×10m）、9 只 20DX（单独接收，野外组成 10m×10m 的图形，间距 5m）、单串

20DX（25只5串5并、组合图形20m×20m）。试验中共铺设了6条排列，每条排列按上述方式布设8道，在排列两端各激发1炮，偏移距约1000m（观测系统见图3.12）。

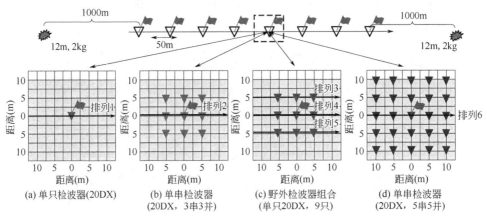

图3.12 单点与组合、野外组合与室内数字组合试验观测系统图

图中上半部为观测系统示意，每条排列布设8道，道距50m，排列两侧各激发一炮，偏移距1000m左右。下半部是每一道的检波器布设示意图，排列1每道埋置1只检波器［图3.12(a)］，排列2每道埋置1串（9只，3串3并）检波器［图3.12(b)］，排列6每道埋置1串（25只，5串5并）检波器［图3.12(d)］，排列3、4、5以5m的道距各布设3道，排列线距也为5m，组成一个大道，大道的组合中心位于第4条排列中间检波器位置上［图3.12(c)，模拟高密度采集情况］。排列1、2、4、6的组合中心位置完全重合。

针对所获单炮资料开展了如下分析工作：

1. 单炮噪声分析

图3.13为单点与组合、野外组合与室内数字组合的单炮初至前背景噪声分析图。各条排列取其初至前相同的0~500ms窗口开展噪声分析。图3.13(a)、(b)、(c)、(d)与图3.12的观测系统图各条排列代号完全对应，其中图3.13(c)为将9只检波器在室内组合成1道后的情况，可以看出各条排列8道统计的均方根振幅平均真值为174μV，与图3.13(b)的野外组合平均值172μV基本相当，曲线也几乎重合。在噪声响应上，二者相当统一性很好。此外，单只的噪声真值最小，5串5并的真值最大，这基本反映了它们灵敏度变化的比例关系。

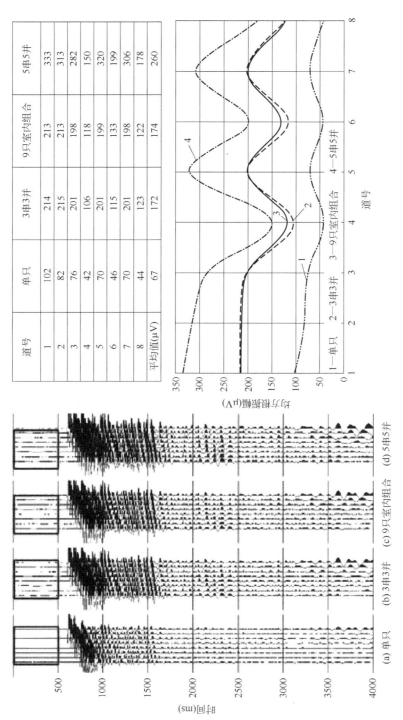

道号	单只	3串3并	9只室内组合	5串5并
1	102	214	213	333
2	82	215	213	313
3	76	201	198	282
4	42	106	118	150
5	70	201	199	320
6	46	115	133	199
7	70	201	198	306
8	44	123	122	178
平均值(μV)	67	172	174	260

图3.13 单点与组合、野外组合与室内数字组合单炮初至前背景噪声图

(a) 单只 (b) 3串3并 (c) 9只室内组合 (d) 5串5并

2. 单炮能量分析

图 3.14 为分析时窗 1000～3000ms 内的振幅值，统计了窗口内的最大振幅、平均振幅和均方根振幅值。从右侧的柱状图可以看出，能量的相对关系与初至前噪声的相对关系基本一致：图 3.14(c) 与图 3.14(b) 三类振幅均相当，单只的能量最低，5 串 5 并的能量最高。

3. 单炮信噪比分析

图 3.15 为分析时窗 1000～3000ms 内，针对 8～80Hz、10～20Hz、20～40Hz、30～60Hz、40～80Hz 不同频段的信噪比分析。从右侧的柱状图可以看出，各个频段内的信噪比呈现从单只向组合越来越高的趋势。其中 5 串 5 并的信噪比最高，单只的信噪比最低。野外组合 3 串 3 并与室内 9 只室内组合的信噪比相当。

4. 单炮频扫定性分析

对单炮进行了 10～20Hz、20～40Hz、30～60Hz、40～80Hz、50～100Hz 的频扫，通过定性分析，得出以下基本结论：在自动增益和优势频段上，单点与不同组合形式的单炮视觉上差别不大。图中的 1500ms 附近和 3000ms 附近是 2 个标准反射层，可以看出四者差别不大（图 3.16、图 3.17）。

随着频扫段升高，组合接收的优势逐步显现。在 40～80Hz 和 50～100Hz 的频扫单炮上，组合接收的信噪比在 1500ms 和 3000ms 附近 2 个标准反射层处有较明显优势，5 串 5 并的优势最高，3 串 3 并的野外组合与 9 只室内组合的差别不大。

用室内数字组合实现与野外组合相同的效果，已有较多的数值模拟验证资料见于文献，实际资料采集现场试验尚不多见。为实现严格一致的对比，本试验中 9 个单只检波器的线间距和道距均为 5m，以便实现 10m×10m 面积组合方式。然而工业化生产时很难实现这样的理想采样观测系统，目前东部探区的观测系统仍以束线状为主。在炸药震源条件下，采用 200～250 炮/km^2 的炮密度几乎是可操作的极限了。同时还要兼顾足够宽的方位，勘探成本决定了炮道密度应控制在 300 万道/km^2 左右。因此，主流束状观测系统的排列数一般在 30 线左右、线间距 200m、道距 20～25m。在此条件下，采用单点接收、室内组合提高信噪比的技术应用受到限制。而无限制地应用室内数字组合技术，在 X-Y 两个方向实现组合压噪，需要理想点阵型高密度观测系统支撑。

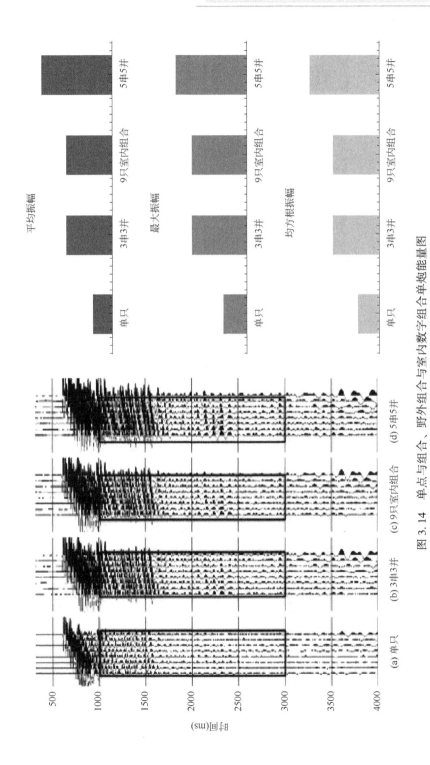

图 3.14 单只与组合、野外组合与室内数字组合单炮能量图

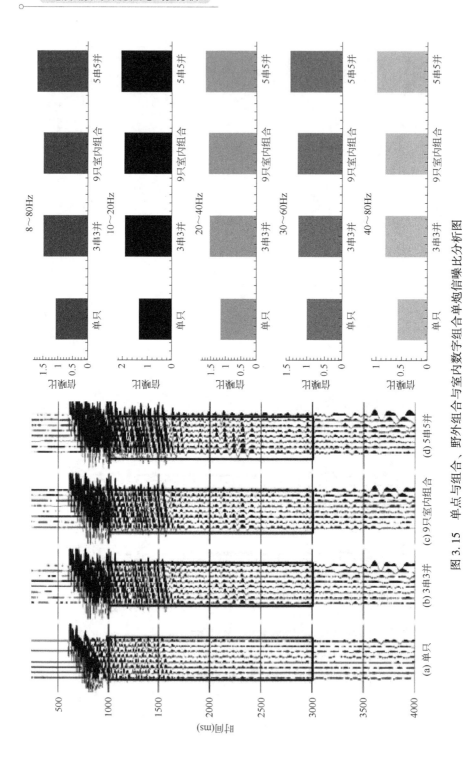

图3.15 单点与组合、野外组合与室内数字组合单炮信噪比分析图

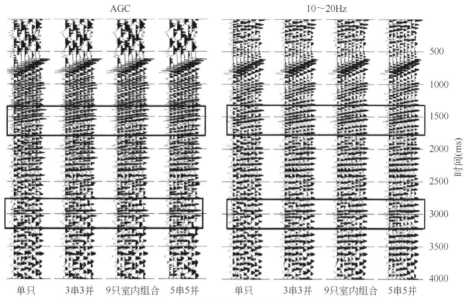

图 3.16 单点与组合、野外组合与室内数字组合单炮频扫分析（1）

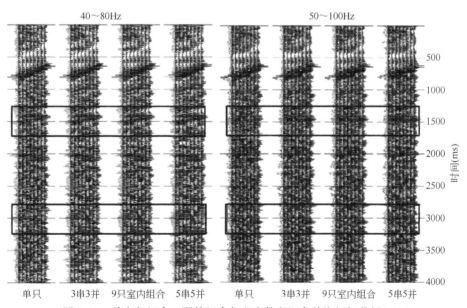

图 3.17 单点与组合、野外组合与室内数字组合单炮频扫分析（2）

3.2 模拟检波器与数字检波器试验分析

以 MEMS 数字检波器为代表的加速度型检波器一出现就立刻受到业界青睐，特别是在高分辨率、高密度地震勘探技术需求正旺的时期，主要原因是其标称的性能指标远远高于普通模拟检波器。这一时期很多探区都开展了模拟检波器与数字检波器的对比试验，相应地以数字检波器采集的工作量也有快速增加趋势。从模拟到数字的进步似乎是个革命性事件，容易联想到模拟地震仪到数字地震仪的进步。实质上 MEMS 数字检波器只是将模数转换过程进行了前移，其传输的抗干扰优势不容置疑，但在接收前端依然是将机械振动转换为电信号过程，只不过接收的是加速度量。对地震信号的表征究竟是用"速度"描述，还是用"加速度"描述，哪一个更符合物理意义？这个问题尽管存在争议，但现存绝大多数地震数据都是由速度型动圈式检波器所采集，并且大量的处理手段的假设条件和研究结论都是建立在速度域数据基础上的，如雷克子波、随机噪声、信噪比计算公式等。因此，严格按照"单一变量"开展两类检波器试验，对探区的技术发展路径选择有重要意义。

3.2.1 场地对比试验分析

1. 振动台对比试验分析

在实验室对比验证单只模拟检波器 20DX 和数字检波器 DSU。

采用电子冲击模拟激发，鉴于该方式下难以实现两种检波器同时接收激发信号，取而代之的是分别将两种检波器与同一个标准检波器对比，相当于两种检波器的直接对比测试。两种检波器虽然接收的不是同一个冲击，但因为电子冲击的稳定性，可以认为激发源是同一个；此外，同一个接收平台是不变的，因此符合同源激发唯一变量对比条件。

测试主要内容包括频域特性、时域特性、幅频特性、相频特性四个方面的差异。

1）两类检波器在频域和时域的特性测试

图 3.18 为两类检波器的频域特性响应。与输入信号相比，数字的输出信号与输入信号具有大致相同的周期，而模拟信号的周期大大增加了，或者说数字检波器的频率响应明显宽于模拟，在−20dB 衡量线处，数字检波器的频宽可

达 220Hz 左右，模拟检波器为 150Hz 左右。

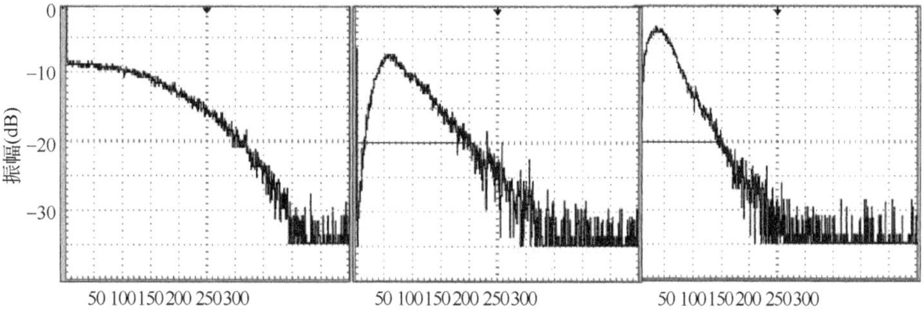

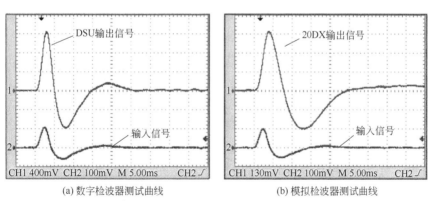

(a) 输入信号　　　　　　(b) DSU输出信号　　　　　　(c) 20DX输出信号

图 3.18　数字检波器与模拟检波器的频域特性测试曲线分析图

图 3.19 为两类检波器的时域特性响应。为方便同框显示，给它们设定了不同的输出信号横坐标比例，数字检波器的输出信号纵坐标每一个大格为 400mV，而模拟检波器的输出信号每一个大格为 130mV；输入信号的显示比例相同，每一个大格均为 100mV。可以看出，数字的振幅响应明显高于模拟，相同的 100mV 输入信号情况下，数字检波器的振幅响应为 1200mV 强，模拟检波器的振幅响应为 390mV 强。

(a) 数字检波器测试曲线　　　　　　(b) 模拟检波器测试曲线

图 3.19　数字检波器与模拟检波器的时域特性测试曲线分析图

2）两类检波器幅频特性测试对比

图 3.20 为两类检波器的幅频特性响应。图 3.20（a）为公开文献中描述的模拟检波器与数字检波器的幅频曲线。模拟检波器的幅频响应在低于其固有频率时，灵敏度随频率减少而下降，斜率约为 12dB/oct；当振动频率高于其固有频率时，输出电压灵敏度接近为常数。数字检波器的幅频曲线是一个常数，

其灵敏度不受频率影响。

图 3.20(b) 是实际测试结果，模拟检波器的幅频曲线与文献描述基本一致；但数字检波器实测结果与文献所载有一定出入：在 100Hz 以下频段的幅度几乎不变，100~300Hz 频段后的幅度值有较明显变化，但其变化幅度基本在 10 以内。试验示波仪最大读数为 300Hz。

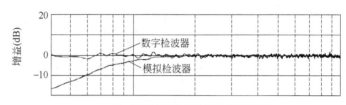

(a) 文献中通用的两类检波器幅频特性

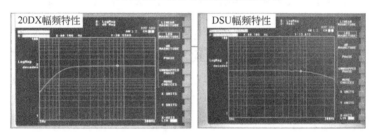

(b) 实际测试结果

图 3.20　数字检波器与模拟检波器的幅频特性测试曲线分析图

3) 两类检波器相频特性测试对比

图 3.21 为两类检波器的相频特性响应。图 3.21(a) 为公开文献中描述的模拟检波器与数字检波器的相频曲线。模拟检波器的相频响应在 200Hz 以内变化约为 160°，数字检波器的相频响应是稳定不变的。

图 3.21(b) 是实际测试结果，模拟检波器的相频曲线在 200Hz 以内的相位变化约 125°，虽然在具体数据上有差别，但二者的变化趋势、规律几乎完全一致；测试的数字检波器的相频曲线在 200Hz 以内相位变化接近 40°，是大致的线性变化，与文献描述的数字检波器相频曲线在 200Hz 以内不变的理论有差异。

2. 场地敲击对比试验分析

在基地院内通过敲击的方式，对比验证单只模拟检波器 20DX 和数字检波器 DSU。

将 2 只模拟检波器 20DX 和 2 只数字检波器 DSU 分别固定在铁板、木板、水泥、土台等介质上，采用敲击方法，实测其接收响应并进行指标分析。

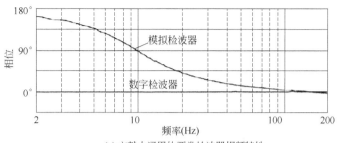

(a) 文献中通用的两类检波器相频特性

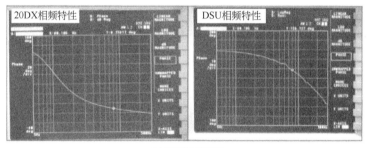

(b) 实际测试结果

图 3.21 数字检波器与模拟检波器的相频特性测试曲线分析图

1) 两类检波器波型对比

图 3.22 为同源敲击时两类检波器的波形放大显示。图中的①②是两只模

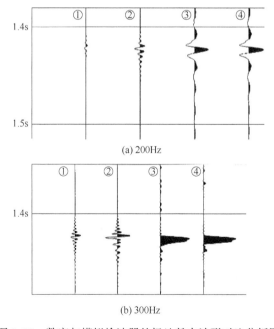

(a) 200Hz

(b) 300Hz

图 3.22 数字与模拟检波器的场地敲击波形对比分析图

拟检波器的波形，③④是两只数字检波器的波形；（a）为200Hz高截显示，（b）为300Hz高截显示。可以看出，数字检波器的波形远优于模拟检波器，同类检波器的一致性比较，数字检波器明显好于模拟检波器。随着频率上升，模拟检波器的谐振现象也越来越严重，而数字检波器的震荡现象弱，主波形突出。

2）两类检波器信号振幅谱和功率谱对比

图3.23为同源敲击时两类检波器的振幅谱（频谱）对比。图中的①②是两只模拟检波器的振幅谱，③④是两只数字检波器的振幅谱。可以看出，数字检波器在振幅谱的一致性方面明显强于模拟检波器，低频端的响应也更好。

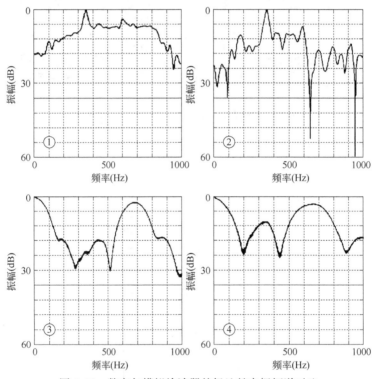

图3.23 数字与模拟检波器的场地敲击振幅谱对比

图3.24为同源敲击时两类检波器的功率谱对比。图中的①②是两只模拟检波器的功率谱，③④是两只数字检波器的功率谱。可以看出，数字检波器在低频端具明显优势。理论上，数字检波器的频宽可从零开始，因此作为宽频勘探的检波器是比较恰当的。常规的地震勘探使用自然频率为10Hz的动圈式检波器，地震信号在低于主频的低频段会受到压制，甚至产生畸变。

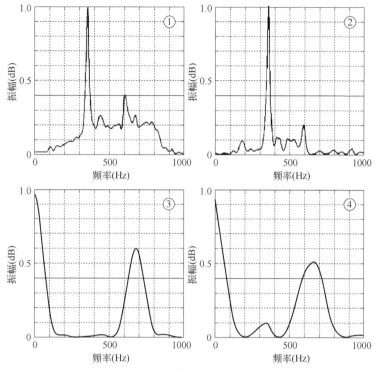

图 3.24　数字与模拟检波器的场地敲击功率谱对比分析图

3.2.2　野外试验线采集对比试验分析

振动台对比测试和场地敲击对比试验均表明数字检波器的指标先进性，进一步开展了实际采集资料对比分析。

1. 试验观测系统

纵向观测系统为 2995m—5m—10m—5m—2995m，重合铺设 3 条排列，分别是数字检波器 DSU、单只模拟检波器 20DX、9 只模拟检波器 20DX 的单串，道距为 10m，炮点距为 20m，CDP 点距为 5m，满覆盖次数为 150 次。接收仪器为 408XL，采样率为 1ms，前放增益采用 400mV（12dB）。与 3.1 节所述的单点与组合试验为同一个项目，此处仅分析单只数字检波器和单只模拟检波器的资料，以免组合效应对分析结果造成影响。试验观测系统见图 3.1。

2. 原始资料（非同一量纲）分析

图 3.25 为原始单炮的固定增益和单炮频率分析。视觉上模拟检波器的能量更强一些，面波也较数字检波器更发育；在二者的频谱曲线上，以–20dB 线

为标准，数字检波器频宽达到 220Hz 左右，模拟检波器频带在 140Hz 左右，数字检波器的频谱响应有明显优势。

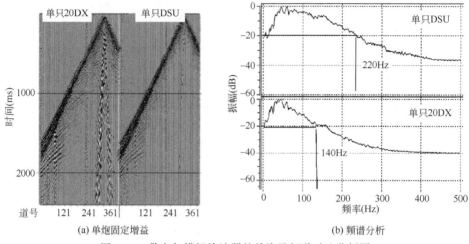

图 3.25　数字与模拟检波器的单炮及频谱对比分析图

图 3.26 为原始数据的叠加剖面及频谱分析。视觉上数字检波器的视觉分辨率更好，在频谱曲线上也表现得比较明显，以-20dB 线为标准，数字检波器叠加剖面的频宽达到 150Hz 左右，模拟检波器的叠加剖面频带在 90Hz 左右，数字检波器的频谱响应有明显优势。

3. 统一量纲后分析

鉴于两类检波器的物理量纲不同，仅针对原始资料的分析结论有失公允，因为模拟检波器响应的是速度变化，数字检波器响应的是加速度变化，进一步开展了统一量纲下的对比分析。这部分的分析工作包括以下两方面：

（1）首先将模拟检波器的信号微分，转变为与数字检波器一致的加速度信号，进行同一量纲下的分析。图 3.27 为数字检波器单炮与模拟检波器微分后的单炮对比，可以看出二者的相似性非常高，在视觉信噪比、分辨率、波组特征、面波响应等各方面均没有明显差别。

图 3.28(a) 为数字检波器单炮（曲线 1）与模拟检波器微分后的单炮（曲线 2）的振幅谱对比，可以看出二者的相似性非常高，在 200Hz 内的地震勘探主要频段，两类曲线几乎完全重合；在 200~400Hz 的高频段二者有细微差异，不排除噪声因素。图 3.28(b) 为数字检波器单炮（曲线 3）与模拟检波器微分后的单炮（曲线 4）的相位谱对比，可以看出二者的相似性非常高，总的相位特征一致，在低、高频段重合性均很高。

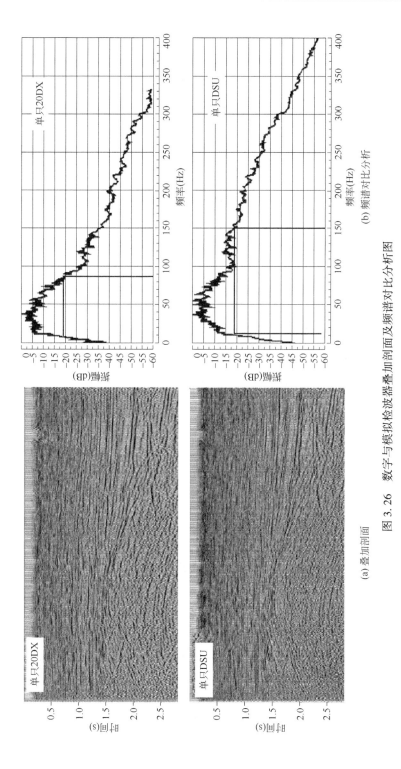

(a) 叠加剖面

(b) 频谱对比分析

图 3.26 数字与模拟检波器叠加剖面及频谱对比分析图

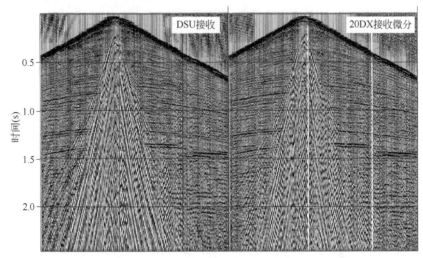

图 3.27　数字单炮与模拟单炮信号微分后对比分析图

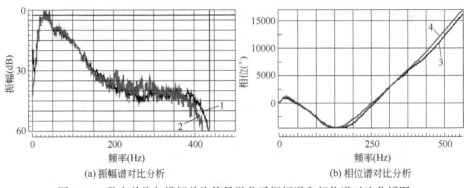

(a) 振幅谱对比分析　　　　　　　　　(b) 相位谱对比分析

图 3.28　数字单炮与模拟单炮信号微分后振幅谱和相位谱对比分析图

　　图 3.29 为数字检波器叠加剖面与模拟检波器微分后的叠加剖面对比，可以看出二者的相似性非常高，在视觉信噪比、分辨率、波组特征等各方面均没有明显差别。原始剖面上数字检波器表现出的分辨率略高的特征也不复存在。

　　图 3.30(a) 为数字检波器叠加剖面（曲线 1）与模拟检波器微分后叠加剖面（曲线 2）的振幅谱对比，可以看出二者的相似性很高，总体趋势几无差别。在 120Hz 内，曲线完全重合；120Hz 以上频段，数字检波器剖面振幅谱略高于模拟检波器微分后叠加剖面的振幅谱，不同频率上的高出幅度几乎相同；200~400Hz 的高频段二者有细微差异，不排除噪声因素。图 3.30(b) 为数字检波器叠加剖面（曲线 3）与模拟检波器微分后叠加剖面（曲线 4）的相位谱对比，二者在 150Hz 以内的部分完全重合，150Hz 以上的部分数字检波器略高，但趋势一致，相位谱特征总体上相同。

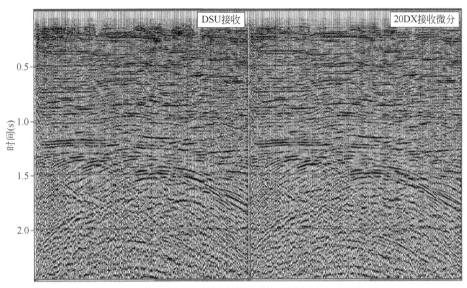

图 3.29 数字剖面与模拟信号微分后叠加剖面对比分析

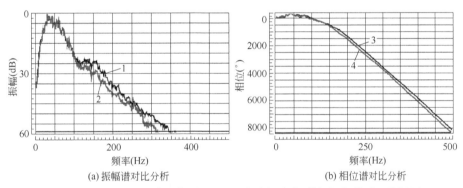

(a) 振幅谱对比分析 (b) 相位谱对比分析

图 3.30 数字剖面与模拟信号微分后叠加剖面振幅谱与相位谱对比分析图

图 3.31 是 3 类振幅曲线合并显示，似乎更能说明问题。图中 1 为数字检波器曲线，2 为模拟检波器曲线，3 为模拟检波器微分后曲线，表明了数字检波器振幅值最高，模拟检波器与数字检波器的相位差异也直观地体现出来（理论上应该相差 90°）。模拟信号微分后，与数字的相位差得到消除，只是在振幅幅度上整体低于数字信号。

（2）将数字检波器的信号进行积分，使之转变为速度变化的信息。图 3.32 为数字检波器单炮积分后与模拟检波器原始资料的单炮比，在同样反映了速度变化前提下，二者的相似性非常高，在视觉信噪比、分辨率、波组特征、面波响应等各方面均没有明显差别。

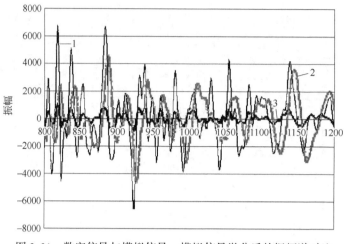

图 3.31　数字信号与模拟信号、模拟信号微分后的振幅谱对比

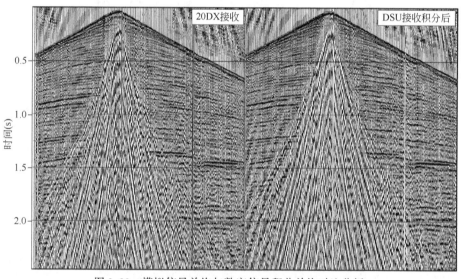

图 3.32　模拟信号单炮与数字信号积分单炮对比分析

图 3.33(a) 为模拟检波器单炮（曲线 1）与数字检波器积分后的单炮（曲线 2）的振幅谱对比，可以看出二者的相似性非常高，在 250Hz 内的地震勘探主要频段，两类曲线几乎完全重合；高于 250Hz 的高频段二者有细微差异，模拟检波器频率略高，不排除是高频噪声因素。图 3.33(b) 为模拟检波器单炮（曲线 3）与数字检波器积分后的单炮（曲线 4）的相位谱对比，可以看出二者的相似性非常高，总的相位特征一致，在低、高频段重合性均很高。

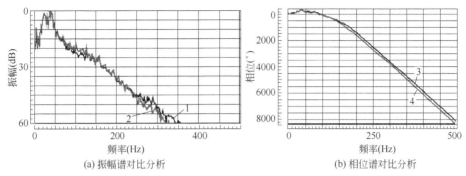

<table>
<tr><td>(a) 振幅谱对比分析</td><td>(b) 相位谱对比分析</td></tr>
</table>

图 3.33 模拟单炮与数字单炮积分后振幅谱与相位谱对比分析图

图 3.34 为模拟检波器叠加剖面与数字检波器积分后的叠加剖面对比，可以看出二者的相似性非常高，在视觉信噪比、分辨率、波组特征等各方面均没有明显差别。数字检波器积分后的叠加剖面噪声似乎更强一些。

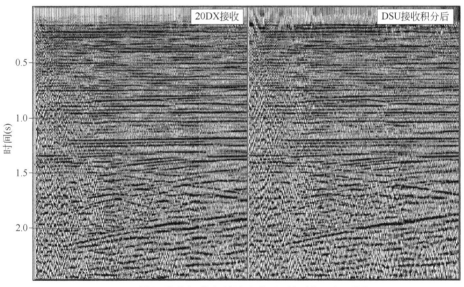

图 3.34 模拟单炮与数字单炮积分后叠加剖面对比分析

图 3.35(a) 为模拟检波器叠加剖面（曲线 1）与数字检波器积分后叠加剖面（曲线 2）的振幅谱对比，可以看出二者的相似性很高，总体趋势几无差别。在 250Hz 内，模拟检波器频带略高于数字检波器积分后结果；在 250Hz 以上频段，二者又有了相反的相对关系，数字检波器积分后剖面振幅谱略高于模拟检波器原始叠加剖面。图 3.35(b) 为模拟检波器叠加剖面（曲线 3）与数字检波器积分后叠加剖面（曲线 4）的相位谱对比，二者趋势一致，总体上

相位谱特征相同。

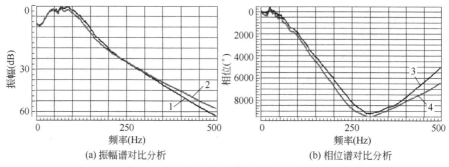

(a) 振幅谱对比分析　　　　　　　　　　(b) 相位谱对比分析

图 3.35　模拟单炮与数字单炮积分后剖面的振幅谱与相位谱对比分析图

数字检波器（以本次试验采用的 DSU 为例）在技术指标方面的优势是明显的，并且在振动台测试、场地测试中得到验证。但是实际采集试验中的表现就没有室内试验那么乐观了，特别是将数字检波器和常规模拟检波器统一到同一量纲进行比较后，其优势更加不突出；加之其使用、维护成本高等明显缺陷，其发展方向应该在指标不断提升的前提下更加轻便、易于耦合、维护简洁且性价比更高。

 检波器耦合及背景噪声监测试验分析

每当面临新工区、新领域、新要求时，人们对激发、接收方式的创新冲动绝不亚于对观测系统设计的革新热忱。以检波器埋置方式为例，基于削弱干扰和近地表地层吸收的基本思路，加大检波器的埋置深度似乎是一个当然的选择，甚至有观点认为，将检波器下井到与激发井同样的深度，会有理想的质量效果，只是工艺和成本方面不允许。本节所述的检波器埋置深度试验主要考察在近地表的低速层范围内，检波器埋深对噪声压制效果、提高信噪比的影响；此外，进一步考察不同埋深的单点与组合接收效果、背景噪声对检波器接收信号振幅值响应关系等基础问题。

3.3.1　检波器埋深试验分析

1. 试验的检波器布设

在地面平坦区域，铺设了 8 条排列，每条排列 10 道检波器，道距 40m，其中1~7条排列为SG-5（排列间距为10cm），其埋深分别为0cm、20cm、30cm、40cm、60cm、80cm、100cm。第8条排列为20DX-10，埋深为20cm，每道9个检波器（3串3并）垂直排列方向线性拉开，组内距为5m，组合基距为40m。

激发点位于排列线的一侧，纵向最小偏移距为800m，激发井深为9m，激发药量为3kg。采用428XL仪器全排列接收，采样率为1ms，记录长度为6s，前放增益为G2（400mV）。图3.36为试验观测系统和埋深示意图。

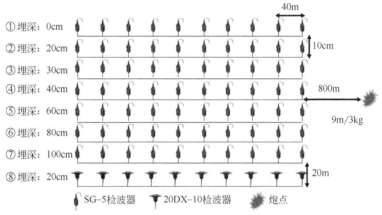

图3.36 检波器埋深接收及背景噪声测试对比试验观测系统示意图

2. 资料分析

在进行检波器埋置时发现，不同深度的检波器所处埋置环境是不一致的，在0~30cm时土壤很干燥，超过40cm土壤渐渐潮湿，到100cm时土壤中含有较多的水分。地层含水性的变化也会对检波器耦合有一定影响，试验过程中尽可能做到埋置方式、力度的统一，消除非深度因素影响。

1）背景噪声均方根值分析

图3.37为8条排列的单炮AGC显示。从地震记录背景定性来看，SG-5的背景噪声明显强于20DX-10，并且随着埋深增大，背景噪声增大。进一步选取初至前0~500ms时窗，分析其背景噪声均方根（RMS）值：

$$A_{RMS} = \sqrt{\frac{\sum_{i=1}^{n} a_i^2}{n}}$$

式中 A_{RMS}——均方根值；

a_i——地震道上每个非零样点的振幅值；

n——非零样点的个数。

将计算结果绘制成曲线（图 3.37）。噪声 RMS 值曲线清楚地表明，总体上不同深度的 SG-5 检波器的 RMS 值均明显高于地面单串组合接收的 20DX 检波器，不同埋深的 SG-5 的 RMS 值处于同一量级内，差异不明显，但随着埋深增大，RMS 值也增大的趋势。

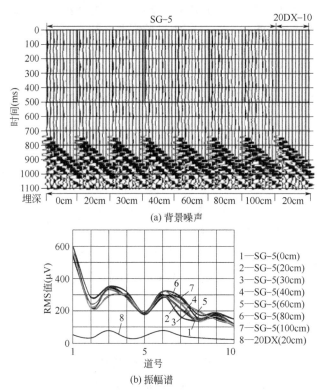

(a) 背景噪声

(b) 振幅谱

图 3.37　不同埋深的接收的背景噪声显示及振幅曲线图分析图

2）初至波形分析

为了更清楚地观察波形细节及道间属性的一致性，将单炮初至进行了线性动校正。从图 3.38 上可以看出 SG-5 随着埋深越深，受虚反射影响，出现更多的干扰现象。实际上，埋深 40cm 即已在初至波形上出现了"毛刺"现象（图 3.38 中箭头所指处），并随着深度增加，该现象越来越严重。

虚反射现象在以往地震采集过程中常见于激发环节，在优化激发能量和子波一致性时，应该小心选择激发深度和激发岩性。本次检波器的埋深试验最深只达到了 100cm，而在 40cm 深度上就已出现了虚反射信息，并且随深度增加越来越严重。可见，检波器耦合最重要的还是行业标准的常见要求"平、稳、正、直、紧"。至于埋深，达到 20~30cm 左右、不露外壳并压紧小线（降低风噪）即可。

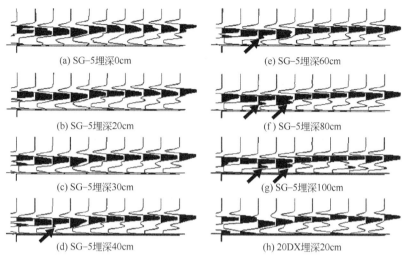

图 3.38　不同检波器埋深的初至波形分析图

（超过 40cm 可以观察到虚反射现象）

3）目的层分析

对目的层 1200~1800ms 时窗进行信噪比分析（8~80Hz），可以看出 SG-5 的信噪比在埋深从 0cm 到 30cm 时呈上升的趋势，从 40m 到 100cm 呈下降的趋势，但是 SG-5 的信噪比明显不如 20DX（图 3.39）。50~100Hz 带通滤波表明，SG-5 埋深 30cm 资料品质最佳，20DX 信噪比最高（图 3.40）。

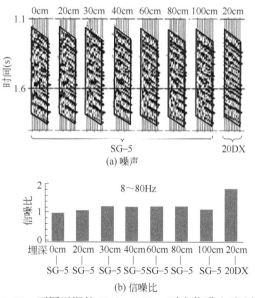

图 3.39　不同埋深的 1200~1800ms 时窗信噪比对比图

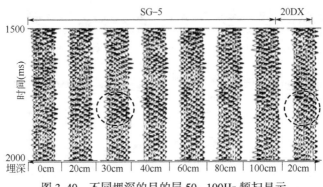

图 3.40　不同埋深的目的层 50~100Hz 频扫显示

本次试验虽然仅有单炮记录供分析研究，但从现有资料获得的结论是比较明确的，即 20DX 组合检波背景噪声远比 SG-5 单点的小。SG-5 单点的埋深超过 30cm 时（土壤渐渐潮湿），面波、车辆等规则干扰及环境噪声会通过地层传播过来，被检波器所接收。因此，SG-5 埋深越大，噪声越大。从噪声压制的角度看，埋深在 20~30cm 也是比较理想的选择。因此，建议渤海湾盆地的高密度观测系统下目标采集，SG-5 单点检波接收的埋置深度为 20~30cm，这样的埋置深度在保证资料品质的同时又利于野外进行流程化操作。

3.3.2　背景噪声测试分析及启示

地震勘探采集过程中的背景噪声干扰是不可避免、无时不在的，其中最常见的背景噪声是风的干扰。一般认为刮风所产生的微震干扰主要影响高频信息，高频噪声是高分辨率地震勘探的大敌，因此行业内曾经将 4 级风作为高分辨率地震野外采集施工的上限，高于 4 级风时现场监督就可以暂停施工，基本上是业内公认规则。然而，背景噪声的频谱分布情况如何，是人们想当然认为近于"白色"的吗？背景噪声与风力的大小是严格正相关的吗？更进一步的研究还包括背景噪声对振幅的影响，储层预测中应注意的问题等。李庆忠院士认为风力引起的高频微震主要根源是检波器与大地耦合后所产生的谐振，风力只是外因，内因是人的操作不当，并形象地称为"脱耦的颤振"。

2019—2020 年，笔者在渤海湾盆地黄骅坳陷内，选择南部的沧东凹陷、中部的歧口凹陷、北部的南堡凹陷 3 个代表性位置（图 3.41），开展背景噪声观测试验。虽然试验尚缺乏系统性，难以一一回答上述问题，但观察到了一些有趣现象并将第一手分析资料分享于此，希望引起同行注意。

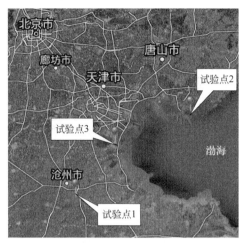

图 3.41 背景噪声测试三个试验点位置图

1. 第一个试验

图 3.41 的试验点 1 位置部署了 6 条排列,观测系统布设方式见图 3.12。该试验的另一项内容是考察野外组合与室内数字组合的对比效果,已在 3.1 节中有过描述。本节所述的是有关噪声测试的试验分析,试验点位于河北省沧县境内南排河南岸地区,试验地点避开公路、厂矿等人文干扰,只考核风力的检波器响应。试验方法是所有试验排列每隔 1 个小时录制一次背景噪声(没有激发源),记录真值并绘制趋势曲线(图 3.42)。录制时间从 14:00 开始一直延续到 23:00,得到了 11 个背景噪声文件(表 3.1)。试验当日下午的风力较大,阵风在 6 级左右,入夜后风力减小至 4 级左右。分析其背景噪声振幅分布,在时间轴方向从 14:00 到 23:00,几条排列的振幅曲线均呈下降趋势,与风力变化是正相关的;不同检波器的背景噪声响应上,振幅值最弱的是单只

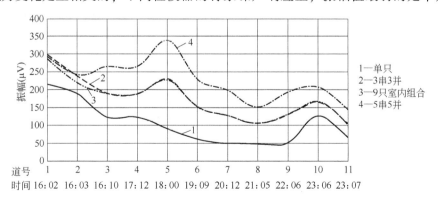

图 3.42 不同接收方式下的背景噪声数值及曲线分析图

20DX 组成的排列，最强的是 5 串 5 并的单串 25 只 20DX 组合排列，介于二者之间的 3 串 3 并的单串 9 只 20DX 组合排列及 9 个单只 20DX 的室内组合排列，它们的响应曲线几乎是重合的。这种变化实际上反映了检波器灵敏度的影响，最高灵敏度的背景噪声响应也最强。

表 3.1　试验点 1 数据

文件号	单只 20DX 振幅（μV）	3 串 3 并 振幅（μV）	9 只 20DX 室内 组合振幅（μV）	5 串 5 并 振幅（μV）	时间
1	216.9536	298.1231	286.9128	295.0059	16:02
2	188.9985	239.3341	220.6996	242.9155	16:03
3	123.1572	190.786	191.1907	266.0586	16:10
4	123.1572	190.786	191.1907	266.0586	17:12
5	92.19845	231.4885	228.4628	338.8769	18:00
6	62.07102	153.6526	154.2672	230.2965	19:09
7	51.04965	127.4539	128.9713	199.3609	20:12
8	48.59721	105.712	106.6075	152.7015	21:05
9	51.99995	129.3736	131.4011	194.5484	22:06
10	127.3858	167.6148	168.6618	209.6224	23:06
11	66.31921	105.2956	103.5752	144.9233	23:07

图 3.43 为同源激发的各条排列单炮显示及初至前背景噪声真值、振幅曲线。初至前背景噪声分析时窗选为 0~500ms，振幅曲线的横坐标为道号（第 1 道~第 8 道）。可以看出，每条排列的各道之间背景噪声虽有起伏，但总体趋势是平稳的，道间起伏现象推测与检波器埋置状态有关；不同排列之间的对比与纯噪声录制的分析结果相当，即振幅值最弱的是单只 20DX 组成的排列，最强的是 5 串 5 并的单串 25 只 20DX 组合排列，介于二者之间的是 3 串 3 并的单串 9 只 20DX 组合排列及 9 个单只 20DX 的室内组合排列，它们的响应曲线几乎是重合的。

2. 第二个试验

在图 3.41 的试验点 2 位置布设了 1 条 10 道组成的排列，道距为 50m，每道均为单串 20DX 检波器，图形是 1m×1m 小面积组合。其中 1~5 道为土路等较硬化区域，6~10 道为草地和芦苇较密集区域，将杂草和芦苇割除后插置检波器，所有道的埋置方法均为插实、插正、不露检波器尾椎（图 3.44）。试验方法是借助风力仪，在不同风级情况下分别录制 4 次背景噪声（没有激发源），记录真值并开展后续分析工作。试验当日风速变化较大，12 小时内分别记录到了 2 级、3 级、4 级、5 级、6 级风的背景噪声。

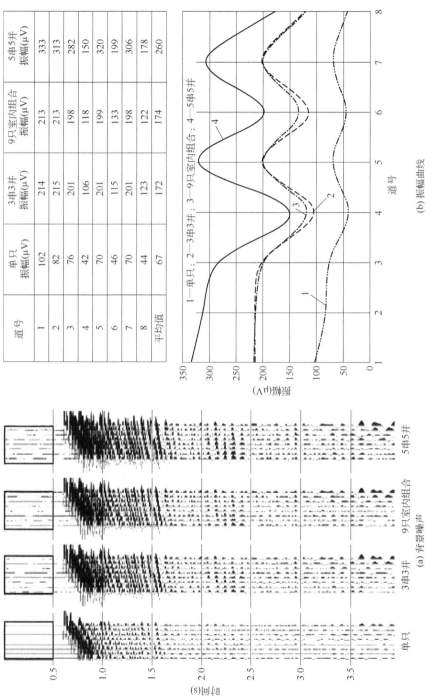

图 3.43　同源激发的单炮显示及初至前背景噪声真值、振幅曲线

(a) 背景噪声

(b) 振幅曲线

图 3.44　试验的 10 道检波器埋置在不同地表位置照片

1）不同风级的响应特征

图 3.45(a) 显示的是 5 级风时背景噪声，(b) 是不同风级的背景噪声振幅曲线，其中上为 1~5 道的响应情况、下为 6~10 道的响应情况。由图 3.45(a)

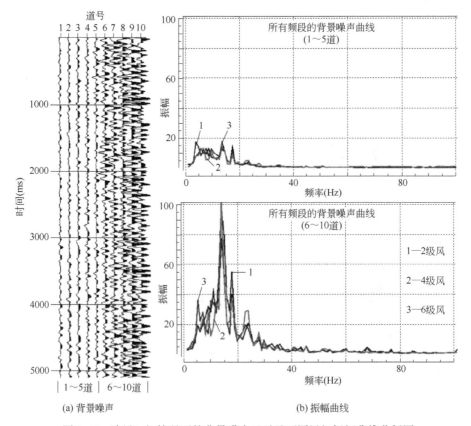

(a) 背景噪声　　　　　　　　　　　(b) 振幅曲线

图 3.45　阵风 5 级情况下的背景噪声显示及不同风级振幅曲线分析图

可以看出，1~5道的噪声明显弱于6~10道，表明风对背景噪声的影响是通过检波器的埋置状态体现出来的，因为6~10道的埋置现场是先天不足的，虽然主观上全部10道都同等对待了，实际效果方面6~10道耦合还是差。正如李庆忠院士在《高频随机噪声的三分量测定》一文中指出的：高频微震的主要根源是检波器与大地的耦合所产生的谐振，激励它的是风，但风是外因，而内因是人的操作不当。这种松动凭肉眼是看不出来的，唯一的办法是通过地震仪来监测。图3.45右侧的振幅曲线显示了风级与背景噪声所有频段差异不明显，不论是埋置状态相对好一些的1~5道，还是差一些的6~10道，均体现了这一特征，并且噪声的能量在低频段较强，集中在10Hz左右，类似于"主频"特征。

2）同一风级的响应特征

图3.46（a）显示的是5级风时背景噪声显示，（b）为5级风下的背景噪声振幅曲线，曲线1为1~5道的响应情况，曲线2为6~10道的响应情况。振幅曲线表明了同风级下不同地表背景噪声在低频端差别较大，6~10道的背景噪声振幅远高于1~5道的背景噪声。这种差距在低频段更明显，在60Hz以后差别变小。

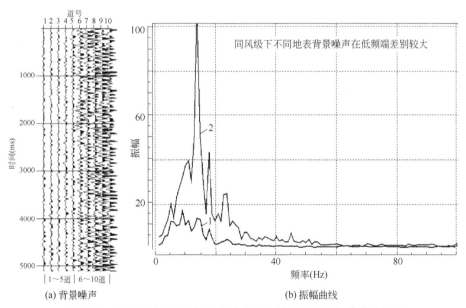

(a) 背景噪声　　　　　　　　　　(b) 振幅曲线

图3.46　同级风测试的不同地表检波器原始记录及振幅曲线分析图

3. 第三个试验

在图3.41的试验点3位置布设了5条、各由8道组成的排列，道距为

50m，各条排列的接收方式分别是 SG-5（单只）、单串 4 只 SG-5（2 串 2并）、单串 9 只 SG-5（3 串 3 并）、单串 9 只 20DX（3 串 3 并）、单串 10 只30DX（5 串 2 并）。其中组合接收的第 2、3、4、5 条排列上，组合图形面积一致，均为 10m×10m（观测系统见图 3.47）。

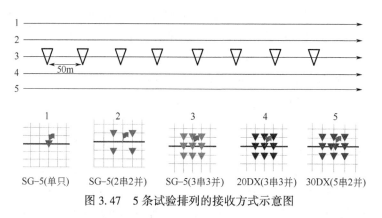

图 3.47　5 条试验排列的接收方式示意图

试验方法是首先录制当日背景噪声，从 12：30 到 19：30 的时间段内，每隔 1 个小时录制 1 次背景噪声，共获得了 14 个记录文件（有些时段录制 2次）；进一步在排列的两端 1000m 偏移距位置各激发 1 炮，得到 2 个单炮记录。针对以上试验资料，开展了下述分析工作。

1）背景噪声与激发炮的振幅相对关系分析

图 3.48 为试验的炮记录显示，（a）显示的是与激发炮相邻时段的一个背景噪声录制记录（14 时），（b）是激发的单炮记录。在图的下端标出了每条排列的接收方式，从左至右分别 SG-5（单只）、单串 4 只 SG-5（2 串 2 并）、单串 9 只 SG-5（3 串 3 并）、单串 9 只 20DX（3 串 3 并）、单串 10 只 30DX（5 串 2 并），相应地，它们的灵敏度分别为 80V/（m/s）、160V/（m/s）、240V/（m/s）、60V/（m/s）、100V/（m/s）。从图中可以看出，灵敏度越大，振幅值也越大，这一点在噪声记录和单炮记录上均很明确。同时段的背景噪声与激发记录的振幅相对关系可以从图 3.48（b）的振幅真值计算中得出，图中的 a 为单只 SG-5 排列一个整道的背景噪声显示，A 为其真值分布，其平均振幅值为 0.102；c 为该道有激发源情况下一个整道记录，C 为其真值分布，其平均振幅值为 2.6，二者相差 25.5 倍。b 为单串 20DX 排列一个整道的背景噪声显示，B 为其真值分布，其平均振幅值为 0.0108；d 为该道有激发源情况下一个整道记录，D 为其真值分布，其平均振幅值为 0.854，二者相差 46.4 倍，反映了同一道的纯背景噪声与激发炮的平均振幅倍数关系。

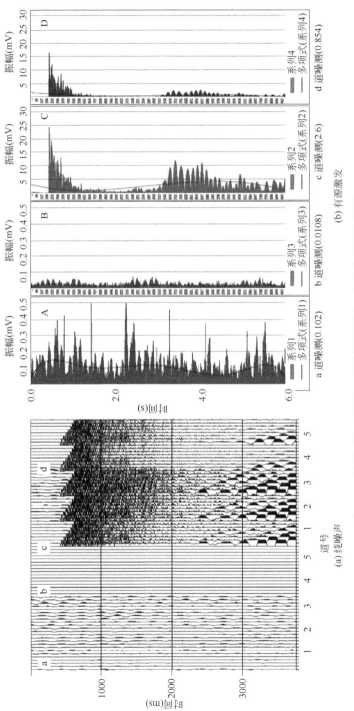

图 3.48　纯噪声与有源激发两种情况下同一整道的振幅分析图

同样分析，这次不针对整道数据，仅取各道的 0～400ms 时窗（初至前，理论上应该都为噪声）。a 的平均振幅值为 0.097，c 的平均振幅值为 0.165，二者相差 1.7 倍；图中 b 的平均振幅值为 0.02，d 的平均振幅值为 0.19，二者基本相当，反映了同一道在录制背景噪声和激发两种情况下，初至前的振幅水平是在一个量级，其差距甚至可能来自测量的误差（图 3.49）。

图 3.50 表示的是炮记录中的背景噪声振幅与各个深度反射层振幅谱关系，图中的 4 个时窗步长均为 400ms，分别是 0～400ms、1100～1500ms、1800～2200ms、2800～3200ms，（b）的真振幅曲线可以直观体现出 4 个时窗的相对关系，图中的深层曲线振幅值升高应该是强面波所致，不代表真实地层反射的振幅。从图中可以看出，炮集上的背景噪声与反射层振幅倍数关系基本在 10 倍以内，没有单道上那么大的差距，差距越小也预示着干扰越强，振幅真实信息提取难度越大。

纯噪声录制和炮集初至前背景噪声分析结果，给了笔者背景噪声时空一致性的启示；炮集的初至前噪声平均振幅与地层反射平均振幅的强弱关系在 25～46 倍（本试验条件下的背景噪声和目的层深度的单道计算），由此也给了笔者在后续资料应用方面的诸多启发，在振幅属性应用方面可以更多一些思考，对油气地质微小事件的可检测性及其合理应用多一些思考。首先有必要回顾一下振幅的原始定义：振幅是离开平衡位置的最大幅度，这是针对一个振动而言的。地震采集中检波器是不能直接记录振动的，只能用振动的速度变化或加速度变化所产生的电压值代替，这种变化与电压值之间是正比关系，这一点没有争议，也是地震应用的基础；其次是背景噪声的振幅值与地层反射振幅之间的关系是难以实际测量的，因为变化因素太多，多解性强。正如上述试验所得出的倍数关系，只代表此时、此地的结论。况且，应用阶段的振幅又经过了多个处理流程的改造，无论多么保幅的处理流程也不是绝对保幅的。

为进一步加深对这个问题的理解，笔者做了一个模型正演，设计了一个砂泥岩均为 4m 的薄互层模型，砂岩速度为 3500m/s，泥岩速度为 3000m/s，砂岩饱含油后速度为 3300m/s，考察砂岩含油后和层位变薄后的振幅变化情况（图 3.51）。

图 3.51(a) 是模型示意，模型 1 是原始模型；模型 2 是其中 1 层砂岩含油后，其振幅值变化了 7.3%，对应图 3.51(b) 振幅变化的曲线 1；模型 3 是其中 3 层砂岩含油后，其振幅值变化了 21.1%，对应图 3.51(b) 振幅变化的曲线 2；模型 4 是其中 1 层砂层减薄至 3m 后，其振幅值变化了 7.6%，对应图 3.51(b) 振幅变化的曲线 3；模型 5 是其中 1 层砂层减薄至 1m 后，其振幅

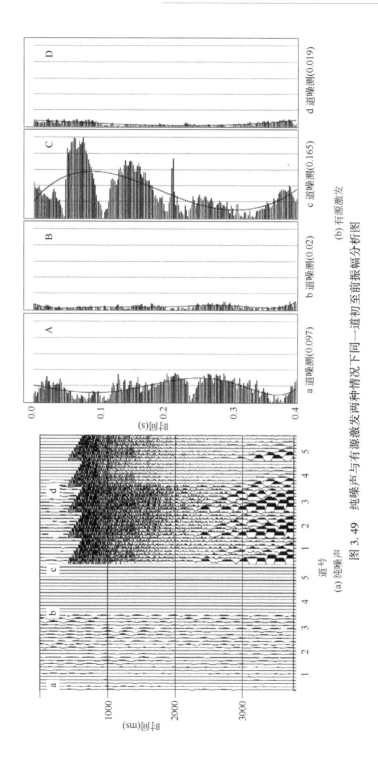

(a) 纯噪声 (b) 有源激发

图 3.49 纯噪声与有源激发两种情况下同一道初至前振幅分析图

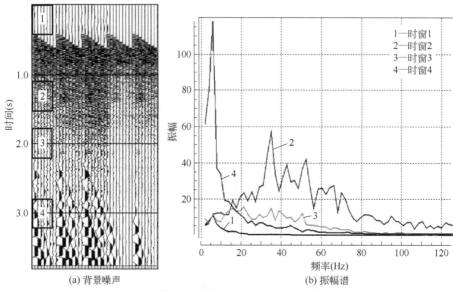

(a) 背景噪声   (b) 振幅谱

图 3.50　单炮上不同时窗振幅相对关系分析图

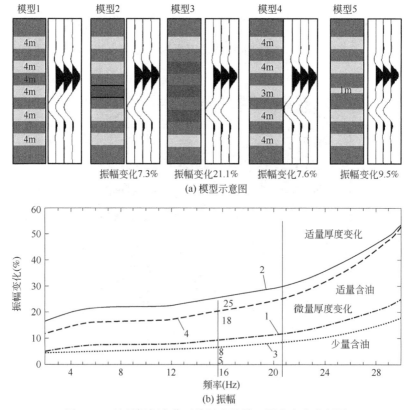

图 3.51　地震振幅变化正演随含油性、厚度变化分析图

值变化了9.5%，对应图3.51(b)振幅变化的曲线4。图中曲线是其振幅差异曲线，即振幅变化，纵坐标代表振幅变化（0%~60%），横坐标代表频率（0~30Hz）。

将原始模型加上带限能量占21.6%的野外背景噪声（图3.52），则模型2的振幅变化为8.9%，模型4的振幅变化为6.3%，其变化幅度与含油及少量减薄基本相当；模型3的振幅变化为24.6%，模型5的振幅变化为23.4%，噪声对振幅影响的变化率均高于地质情况的变化率。

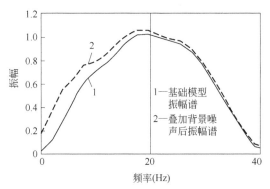

图3.52 背景噪声影响地震振幅变化分析图

在图3.50的基础上进一步分析，针对0~400ms的初至前背景噪声和1800~2200ms反射层（大港探区主要目的层深度）进行频谱分析，图3.53中曲线1

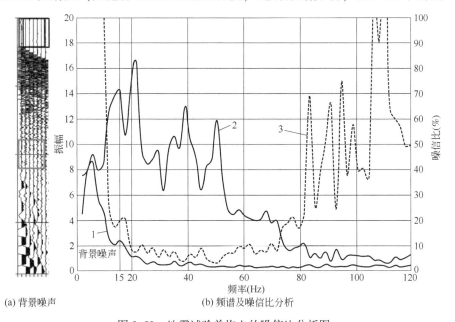

(a) 背景噪声　　　　　　　　　　(b) 频谱及噪信比分析

图3.53 地震试验单炮上的噪信比分析图

是背景噪声，曲线 2 是地震记录振幅（含信号和噪声），曲线 3 为是噪信比曲线。横坐标为频率，左侧的纵坐标是各类信号的振幅，右侧的纵坐标是噪信比（%），即背景噪声/地震信号×100%。

在图中小于 15Hz 的低频段和高于 80Hz 的高频段，噪信比极高，预示着背景噪声的振幅与地层反射振幅纠缠在一起，难以分开；中间频段的噪信比较低，基本在 10%以下，表明地层反射振幅明显高于背景噪声振幅，可以大胆地应用。背景噪声对低频与高频两端的干扰都是致命的，好消息是在地震勘探的主要频段（如图中的 15~80Hz）噪信比较低，给人们应用好振幅信息提供了试验验证的基础。

2）背景噪声的时空特性分析

针对试验单只 SG-5 组成的 8 道开展了进一步分析。图 3.54(a) 显示的是背景噪声及激发炮记录，图 3.54(b) 是图 3.54(a) 中 5 个时窗的振幅谱。其中 0、1、2、3 是背景噪声记录上的 4 个时窗，时窗步长为 400ms，由浅到深；时窗 4 是激发炮的初至前 400ms 段。在振幅谱上 5 个时窗的振幅曲线几乎是重合的，频宽特征、主频特征、高低频分布趋势非常接近。时窗 0、1、2、3 的振幅曲线特征反映了背景噪声的时间一致性，时窗 4 与时窗 0、1、2、3 的关系反映了背景噪声的空间一致性。

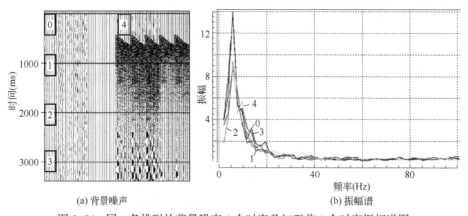

(a) 背景噪声   (b) 振幅谱

图 3.54 同一条排列的背景噪声 4 个时窗及初至前 1 个时窗振幅谱图

以上是同一条排列的分析情况。那么，不同的检波器组合的背景噪声空间特性是什么情况？图 3.55 为 5 条排列炮记录显示及振幅谱，时窗统一取为 0~400ms 的初至前时段。在等灵敏度真振幅频谱图 3.55(b) 上，5 个窗口的振幅曲线特征一致，近于重合，进一步反映了背景噪声的空间一致性特征。

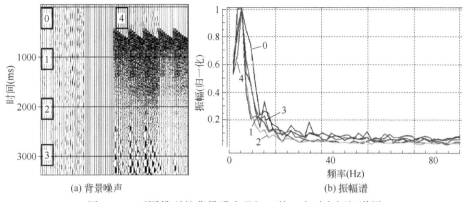

（a）背景噪声　　　　　　　　　　　　　　（b）振幅谱

图 3.55　不同排列的背景噪声及初至前 5 个时窗振幅谱图

3）背景噪声的低频特性

进一步观察图 3.56 至图 3.57 的频谱图，还可以发现背景噪声的能量主要集中在低频端（与第二个试验点的特征一致），同时还具有低频特征。图 3.56 是同一条排列初至前 0~400ms 时窗与 1100~1500ms 时窗的振幅谱，除了对振幅值差距的揭示外，还可看出背景噪声（曲线 1）的强能量主要分布在 10Hz 附近（曲线 1）。

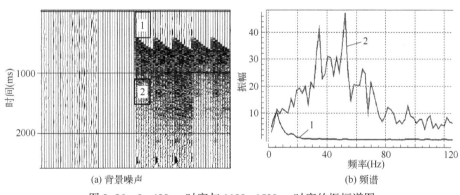

（a）背景噪声　　　　　　　　　　　　　　（b）频谱

图 3.56　0~400ms 时窗与 1100~1500ms 时窗的振幅谱图

图 3.57 是同一条排列的背景噪声记录及炮记录，频谱图 3.57（b）所反映的噪声低频特性与图 3.56 非常一致。在时空上，背景噪声除了一致性特征外，其低频特征也很明显。

为进一步探究上述试验资料结果，笔者选取一块常规三维地震资料的 3 个单炮开展分析工作（图 3.58）。所选择的 3 个单炮彼此之间距离较远，所在的地表地形也不尽相同。在它们的初至前选取相同的时窗，开展振幅谱分析，发现其背景噪声同样具有低频特征，并且进一步证实了其空间一致性（3 条曲线特征一致性很好）。

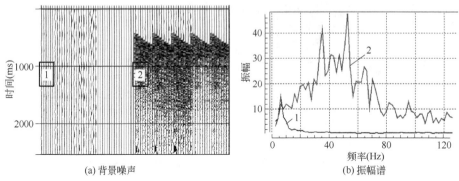

(a) 背景噪声　　　　　　　　　　　　　(b) 振幅谱

图 3.57　相同时窗的背景噪声及炮记录振幅谱图

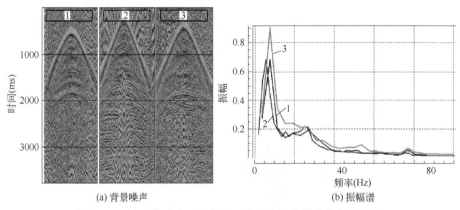

(a) 背景噪声　　　　　　　　　　　　　(b) 振幅谱

图 3.58　某三维区内不同位置 3 个单炮的背景噪声振幅谱图

思考题和习题

1. 检波器现场试验中，影响检波器性能的因素有哪些？如何理解科学试验的"唯一变量"原则？

2. 数字检波器一般是加速度型的，模拟检波器则既有速度型也有加速度型。试思考：地震接收的速度型和加速度型两种响应方式，哪一类更接近震动的本质或更有利于认识震动与其所表征地质信息的关系？

3. 本章的现场试验显示，将数字检波器和模拟检波器统一到同一量纲进行比较，资料差别不大。是否可将现存的模拟检波器资料经数学运算转变为数字检波器资料？

4. 室内数字组合与野外组合可以达成完全一致的压噪效果吗?

5. 在高密度地震采集技术中, 单点接收技术较以往组合接收技术具有哪些优点?

6. 对于本章单点接收与组合接收的对比试验, 你认为还可以考虑其他哪些因素?

7. 背景噪声观测试验表明其低频特性, 主要原因有哪些? 在野外资料采集和资料应用过程中有哪些帮助?

第4章
地震资料采集观测系统试验分析

观测系统是指地震波的激发点与接收点的相互位置关系。为了解地下构造完整形态，需要在地震测线（测网）布置大量的激发点和接收点，通过多次连续观测获取整个工区的地震数据。这种连续观测过程中，激发点和接收点的相对位置必须保持一定的固定关系。用于描述观测系统的主要参数如道距、接收线距、炮点距、炮线距、面元尺寸、覆盖次数、炮密度、道密度、炮道密度、最大炮检距、最小炮检距、横纵比、横向和纵向滚动距等已在第1章中有过介绍，此处不再赘述。观测系统内容通常用图、表进行表述（表1.1），二维观测系统只体现激发点与接收点的线性位置关系，多数是纵向关系，也有少数其他形式，如二维宽线施工时；三维观测系统则相对复杂得多，常用的有正交束线型、斜交束线型，此外还有砖墙式、纽扣式、奇偶法等观测方式。观测系统的变化多数受制于施工地表条件所限，地质任务对观测系统的特殊要求很少。一般来说，观测系统应保持对地下目的层的连续有效追踪，保持波场连续性、滚动无突变，简单易行，可操作性越强越好。

4.1 二维地震特殊观测系统试验分析

常规二维地震勘探观测系统的炮检距长度在一个适宜的范围内，并且激发点和接收点在一个纵向剖面内。此处所指的特殊观测系统试验仅限于在大港探区实际开展过的超长排列广角试验、提高垂直叠加次数的宽线试验，非指跨越障碍区的各种特殊观测类型。

4.1.1 二维广角反射试验分析

地震波以大于临界角（广角）的角度入射到地下界面时，它的反射系数和透射系数是复数，且地震波场要比小角度入射时更加复杂。通常在 VSP 和井间地震中容易接收到广角入射产生的地震波场；在地面地震勘探中，只有排列足够长时，才有可能接收到广角反射信息。广角反射信息出现在直达波以外，能量比非广角反射波能量高，与常规方法相比，二维广角反射既可以克服高速层屏蔽作用，又可以有效提高信噪比，有利于高速层屏蔽地区的地震勘探，并且对于深层高陡构造的地质体来说，利用广角反射信息特别实用。图 4.1 反映了广角反射的地震波特征，在临界角内，反射波能量的变化幅度不大；接近临界角时，反射波能量急剧增大，在临界角处达到最高值；超过临界角以外的范围，反射波的能量虽然有所减弱，但仍远大于临界角内的反射波能量。这是广角反射可以提高深层、高速屏蔽层下弱反射层能量和信噪比的原理。

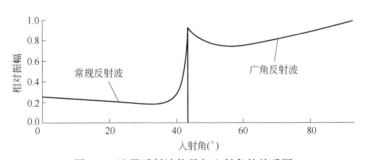

图 4.1 地震反射波能量与入射角的关系图

产生广角反射的临界角计算公式为

$$\theta = \arcsin\left(\frac{v_1}{v_2}\right)$$

式中 θ——临界角；

v_1——上覆层层速度；

v_2——下伏层层速度。

产生广角反射的排列长度计算公式为

$$X_{\max} \geqslant 2h\tan\theta$$

式中 $X_{\max}$——最大炮检距；

h——上覆地层厚度。

上述广角反射信息产生条件可一般表述为：

（1）入射角应大于临界角；

（2）炮检距大于目的层埋深的一倍以上并且大于折射盲区的宽度。

研究地震广角反射通常是研究反射振幅与炮检距的关系，并更深入地研究在广角入射条件下，透射 P 波实部和虚部的特点以及其辐角的变化特性等。井间地震较易获得广角反射信息，通常利用初至来进行速度层析。开展广角反射勘探较适宜的地区一般为目的层埋藏浅、上覆高速层屏蔽较严重地区。大港探区的沧县隆起、埕宁隆起和黄骅坳陷内部的孔店、北大港潜山带等地区发育有埋藏较浅（1000~2000m）的勘探目标，且潜山顶与新近系之间的不整合面为强反射界面，对常规地震反射的屏蔽作用极强，开展此类研究较有针对性。下面以沧县隆起地区的一个二维地震广角反射试验为例进行说明。

沧县隆起是渤海湾盆地内分隔黄骅和冀中两大坳陷的一级正向构造单元，北、南段的构造活动差异，造成其南段地层保存较好，上古生界保存较厚的煤系地层，有些构造次凹内甚至残存中生界；中北段抬升强烈，地层剥蚀严重，多数地区为新近系馆陶组、明化镇组，以不整合方式直接覆盖于下古生界之上，是一个强反射地震界面，埋深普遍小于 2000m，地震反射时间 1000~1500ms，常规地震方法对隆起内幕地层开展勘探工作难度极大。2017 年，大港油田在沧县隆起中段兴济地区开展了超长排列广角反射采集处理试验。图 4.2 为试验区内 20 世纪 80 年代的一条二维剖面，剖面上反射时间 1000~1200ms 处的强界面为潜山顶界面，是一套强反射面，对地震波有较强的屏蔽效应，造成潜山内幕成像差、多解性强。

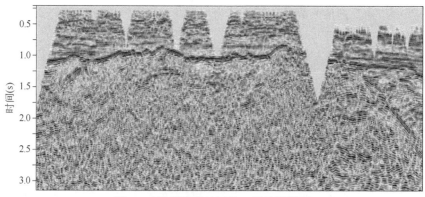

图 4.2　沧县隆起地区的二维地震剖面

1. 采集试验观测系统设计

首先按照观测系统设计规范，对主要参数进行了技术论证。其中针对炮检距指标，按照常规设计规范约束条件，从最深目的层的埋深、速度分析精度需求、动校拉伸畸变约束、反射系数稳定、干扰波影响初至切除、叠前偏移处理对绕射波收敛要求、二维模型正演等方面进行重点论证（表4.1），结果表明3000m左右的炮检距即可满足要求。

表 4.1　常规参数论证的最大炮检距统计表

影响因素分析	最大炮检距要求（m）
考虑最深目的层的埋藏深度	>2931
考虑速度分析精度	>2900
考虑动校拉伸畸变	<3250
考虑反射系数稳定	<3650
考虑干扰波影响初至切除	<3100
考虑叠前偏移处理	<3400
二维模型正演单炮模拟	<3375
地震照明分析	3000~3500

图4.3是根据2口探井的地球物理模型参数计算的常规采集所需最大炮检距，当炮检距达到3000m以上后，理论上达到了产生广角反射条件。图4.4为二维模型正演的广角反射所需炮检距，表明当炮检距达到图4.4（b）中"→"位置时，右侧的弱反射层振幅逐渐加强。该位置的桩号在530左右，相当于3200m的炮检距，模型正演结论与探井的地球物理模型论证结论基本一致。因此，本次试验线选择的近10km炮检距可以满足广角反射研究需

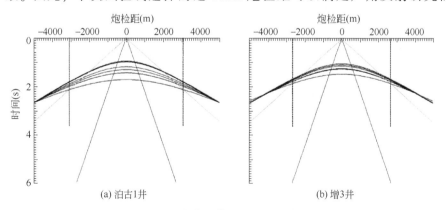

图 4.3　基于地球物理模型的最大炮检距论证图

求。观测系统具体参数为：采用 800 道接收，道距为 25m，激发点距为 100m，最小炮检距为 12.5m（错开半个道距激发），最大炮检距可达 9987.5m。为保障广角反射能量，在激发方面强调了严格按照设计因素的施工原则，不能擅自减小药量。

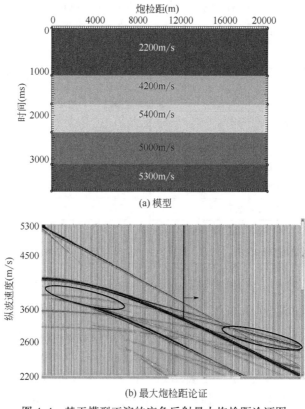

(a) 模型

(b) 最大炮检距论证

图 4.4　基于模型正演的广角反射最大炮检距论证图

2. 单炮资料分析

试验线满覆盖长度 33km，记录总道数为 1439 道，获得有效炮记录 360 张。从单炮记录分析看，炮与炮之间有较大差异，有的单炮可以看到广角信息，有些则不明显。

图 4.5(a) 是一个动校正后超道集，在超长排列位置，广角反射信息较丰富。图 4.5(b) 则是另一个动校正后超道集，其位置更接近潜山顶部，广角反射信息却不明显。分析可能与潜山高部位的散射现象更严重、内幕地层间波阻抗差更小有关。

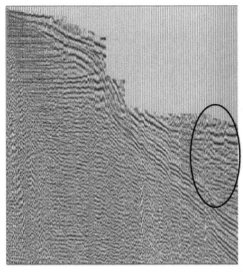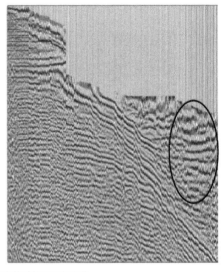

(a) 具有明显广角反射信息的动校正后超道集

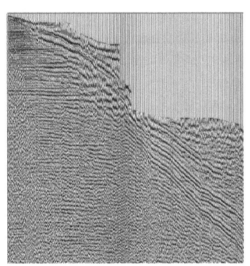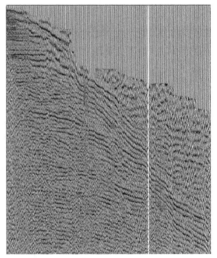

(b) 广角反射信息不明显的动校正后超道集

图4.5 动校正后超道集

从图4.6的道集显示和频谱分析可以看出,广角反射信息振幅明显强于临界角范围内的反射信息,但频率降低也较明显。以-20dB线为标准,频宽约降低了50%,这也符合广角反射基本原理。

3. 广角反射资料处理

在单炮上,广角反射资料出现在初至外侧,因此为提高信噪比所实行的常

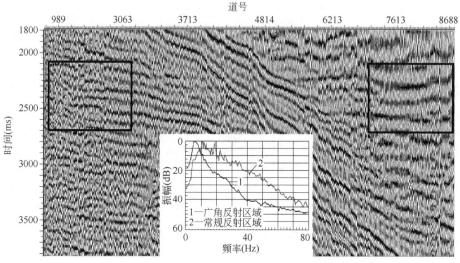

图 4.6 广角反射与常规反射频谱对比图

规意义的初至切除是不适宜的；另一方面，广角反射条件下，反射波时距曲线呈非双曲线形状，地层的各向异性表现也更明显，常规动校正也不适合处理广角反射资料。因此，基于广角反射的地震资料处理应重点关注以下几个关键技术。

1）广角反射资料的初至切除

广角反射出现在远炮检距处，且常与直达波、折射波、多次折射波混杂在一起，能量极强的折射波会严重干扰广角反射信息，常规处理中一并被切除。要利用广角反射，就必须对常规切除方法进行改进。因此，在处理过程中要采取内切除、尾切除和部分切除的方法，精确切除直达波、折射波和多次折射波，保留广角反射波。

2）高阶动校正

广角反射条件下，反射波时距曲线呈非双曲线形状，地层的各向异性表现也更明显。常规双曲线时差校正公式实际忽略了时距函数泰勒展开式的高阶项，仅保留了前两项。当炮检距较小时，用此方法计算的校正量误差较小。但在大炮检距情形下，只取前两项不能满足地震波时距曲线的变化规律，动校正量偏小造成远排列动校正不足，出现同相轴上翘的畸变现象。因此应保留一定数量的高阶项，同时应带有各向异性参数。本次试验采用了6阶动校正，在校正效果和计算量方面达到平衡点。反射波旅行时 t 与炮检距 x 的关系是一个含偶次项的无穷级数：

$$t^2(x) = c_0 + c_1 x^2 + c_2 x^4 + c_3 x^6 + \cdots$$

动校正量为 $\Delta t = t(x) - t(0) = \sqrt{c_0 + c_1 x^2 + c_2 x^4 + c_3 x^6 + \cdots} - \sqrt{c_0}$。

此外，按照常速模型进行速度分析和动校正会引起长排列段的深层畸变加重，应考虑采用速度随炮检距变化（VVO）方法，减小远炮检距道的剩余动校正量。

图4.7是试验线的两种叠加剖面效果对比，图4.7（a）为不含有广角信息的叠加剖面，图4.7（b）为包含了广角信息的叠加剖面。可以看出，叠加了广角反射信息后，潜山内幕反射信息得到一定程度的加强，在隆起两侧的斜坡区尤其明显。

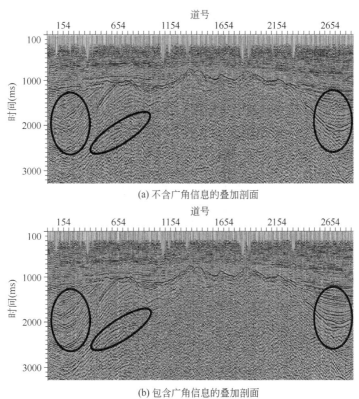

(a) 不含广角信息的叠加剖面

(b) 包含广角信息的叠加剖面

图4.7　不含广角信息与叠加了广角反射信息剖面对比

4.1.2　二维宽线采集试验分析

宽线采集是指2条或以上排列接收、炮点与接收点不在一条纵向剖面上的观测方法。它介于二维和三维地震勘探方法之间，通常在深层低信噪比地区、尚不足以下决心开展三维地震勘探的地区发挥作用，覆盖次数的增加依靠垂直叠加而非水平叠加实现，常与横向拉开较大基距的检波器组合一起实施，对提高信噪比、压制横向上的噪声有较明显的效果。

采用宽线采集的主要目的是提高低信噪比地区的地震反射能量，压制强干扰地区噪声，一般来说其效果明显好于二维勘探，否则也不值得投入更高的勘探成本。在宽线观测系统论证方面，首先应以常规二维观测系统论证流程确定技术参数，在此基础上应针对宽线的线间距、线数、炮数、多线少炮还是少线多炮开展针对性研究。以一个 2 线 3 炮的宽线观测系统为例，在其他因素一致的前提下，理论上 2 线 3 炮应与 3 线 2 炮效果相同，因为由炮道互换原理可知，地震勘探中激发点和接收点的位置互换后得到的地震资料应该是一致的，其地震波的传播路径完全一致。在具体实施中应根据工区地震地质条件灵活调整，比如在激发条件较困难的低信噪比地区采用多线少炮的观测系统更合理一些。

在接收线距的选择方面，较大的线距更能体现宽线效应，增强信噪比，但不同程度地模糊了对目的层细节的反映；过小的线距则失去了宽线部署的意义，类似于 2 条重复排列、相同路径的信号加强，不利于信噪比的提高。此外，宽线勘探重要的一点是要关注性价比，在投入和产出间找到平衡。

1. 徐杨桥—黑龙村潜山带宽线采集试验分析

徐杨桥—黑龙村潜山构造带是沧东凹陷的东边界，并以盐山次凹相隔逐步过渡到埕宁隆起区。该潜山带的地层发育较全，上古生界、中生界均发育有一定的厚度，但地层埋深大、倾角陡、地震反射信噪比低，C-P 煤系目的层地震双程反射时间在 2000~2600ms（图 4.8）。2017 年大港油田在徐杨桥—黑龙村潜山地区部署二维地震采集，在常规的二维地震测网内选择 118 号测线开展了宽线采集效果试验。

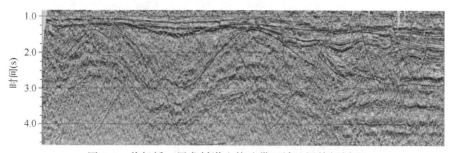

图 4.8　徐杨桥—黑龙村潜山构造带区域地层特征剖面

1）宽线采集试验观测系统

首先按照观测系统设计规范，对主要参数进行了技术论证，确定批量生产线技术方案为 1 线 1 炮 360 道接收，覆盖次数为 45 次，道距为 25m，CDP 点距为 12.5m，最大炮检距为 4487.5m。随后初步确定了 2 线 3 炮的宽线观测系统，并进一步针对以下 3 种方式开展了属性分析优化：

（1）观测系统 1：2 线 3 炮斜交式（炮线与排列呈 45°角斜交，2 条排列纵向上错开半个道距）。

（2）观测系统 2：2 线 3 炮正交正对（炮线与排列正交，2 条排列纵向不错开）。

（3）观测系统 3：2 线 3 炮正交接收点错开（炮线与排列正交，2 条排列纵向错开半个道距）。

图 4.9 为 3 种观测系统属性分析图，从中可以看出，观测系统 1（斜交式）的炮检距均匀度最好。此外，3 种观测系统在施工效率、设备投入等方面没有差别，因此确定了采用 2 线 3 炮斜交式观测系统为宽线试验技术方案。

具体参数为：2 线 3 炮斜交 360 道，覆盖次数为 6×45 次（垂直叠加），道距为 25m，CDP 点距为 12.5m，最大炮检距为 4487.5m。

2）试验效果分析

按照该观测系统施工，可以获得 L_1 ~ L_4 共 4 条剖面，其中 L_1 和 L_4 的覆盖次数为 45 次，L_2 和 L_3 的覆盖次数为 90 次（图 4.10）。

分别处理形成了 L_1 ~ L_4 共 4 条二维剖面。图 4.11 是其中的 L_1 线剖面与垂直叠加后得到的宽线剖面对比，宽线剖面的能量和信噪比得到有效加强。因此，在投资允许的情况下，采用宽线方法可以有效提高低信噪比和深层弱反射区的勘探效果。

2. 广西桂中坳陷二维宽直线采集试验分析

桂中坳陷是一个以古生界充填为主的残留盆地。晚古生代的海相碎屑岩及碳酸盐岩地层保留较全，累计厚度可达 8000m。该区的主要勘探目的层是古生界泥盆系，要求能基本搞清海相沉积岩层内部波阻特征和宏观沉积规律，搞清工区内主要构造格架及断层分布特征。

该区地震勘探的主要难点为：（1）主要目的层石炭系、泥盆系的岩性以石灰岩为主，反射系数小，地震响应不好。多期构造运动，造成岩体破碎且断裂发育，地震反射界面连续性差。（2）喀斯特峰丛区大型洞缝、裂隙发育，使激发产生的弹性波不能正常传播。此外，地表老地层出露，植被发育，检波器难以完全按设计要求摆放。连绵起伏的山脉和突兀的孤峰，造成山间的各种侧面和次生干扰十分发育，严重影响地震资料信噪比。（3）近地表结构复杂，全区没有稳定的虚反射界面，静校正问题突出。针对上述难点，开展了宽直线采集试验，取得了较好的采集效果。

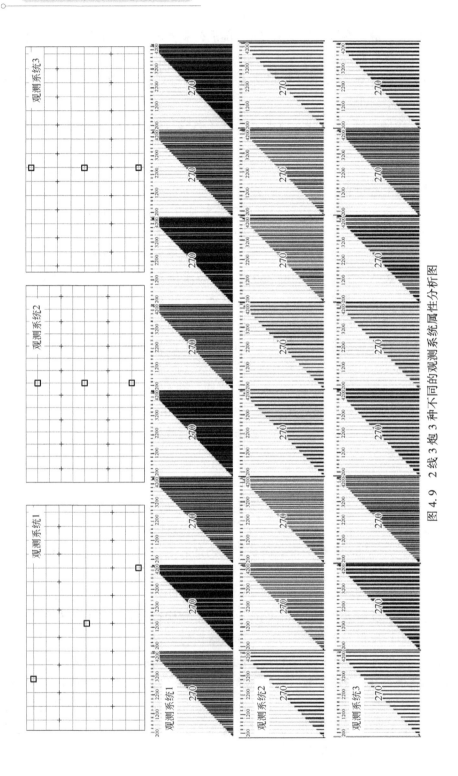

图 4.9 2 线 3 炮 3 种不同的观测系统属性分析图

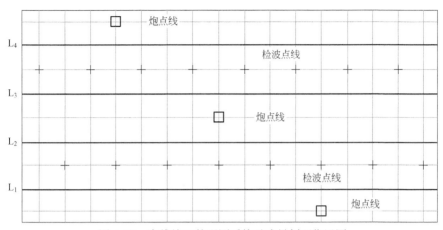

图 4.10 宽线施工的观测系统及成果剖面位置图

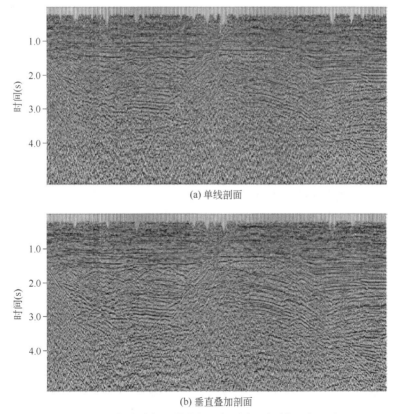

(a) 单线剖面

(b) 垂直叠加剖面

图 4.11 宽线采集的单线剖面与垂直叠加剖面对比图

观测系统设计：首先，分析了以往山地弯线采集资料情况，认为地下 CMP 点离散度较大，是影响叠加效果的重要原因，进而确定了直线施工的技术原则；其次，考虑到增加覆盖次数是提高资料信噪比的重要手段，但通过减小道距和炮距、单纯增加接收道数和激发点数的做法会急剧增加成本，同时引起随机干扰的相干性增强，减弱叠加压制随机干扰和相干干扰的统计效应；最后，针对地下的复杂构造，单线的二维采集得不到任何侧面信息，不利于最终的偏移归位，增加了在直线基础上的宽线观测试验。

综合考虑到地形横向变化大的具体情况，结合主要干扰波的波长参数综合计算了宽线观测系统线距为 30m、道距为 40m 的 3 线 2 炮中点激发的观测系统（图 4.12）。

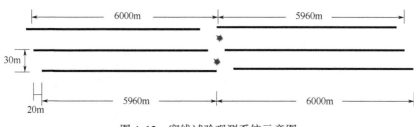

图 4.12　宽线试验观测系统示意图

这种观测系统的优点是排列错开摆放，地下 CMP 点增加了不同的射线路径，避免纯粹的垂直叠加，可以分别处理出 50 次、100 次、150 次、200 次、300 次的剖面进行比较。不同覆盖次数和叠加方式剖面的处理效果表明，带有侧面信息的宽线剖面信噪比提高明显（图 4.13），证实了宽直线施工方案在此类山地区采集的有效性，为最终确定因素提供了依据。

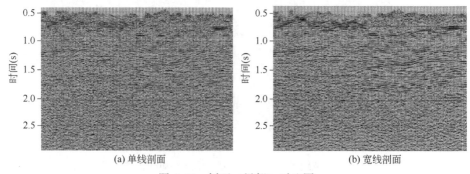

(a) 单线剖面　　　　　　　　　(b) 宽线剖面

图 4.13　剖面（局部）对比图

该区最终生产时，权衡了宽线效应的贡献和施工成本、效率，在构造相对简单、地表条件相对较好的地区采用了 2 线单炮中点激发的观测系统，实现了根据地表条件灵活布设观测系统、最高性价比施工的预期目标。

三维地震滚动方式试验分析

开展三维地震观测系统滚动方式试验的初衷，是在进入三维地震二次采集阶段之前，地质任务越来越多地聚焦于岩性油气藏和微幅度构造油气藏，早期三维地震资料上的"采集脚印"已经对圈闭精细研究、储层预测精度构成了威胁；另一方面，三维地震二次采集时期已经普遍应用了 24 位数字地震仪，带道能力可达几千道（2ms 采样时可以实现万道能力），有条件开展这方面的试验研究。

国内各探区自 20 世纪 80 年代规模开展三维地震勘探以来，三维地震观测系统的变迁史大抵类同：初期为少线多炮（2 线~4 线）方法，逐步发展到多线多炮（8 线~12 线）方法，最终取得共识，普遍采用多线少炮观测方式。观测系统的变迁史基本代表了三维地震勘探精度从构造落实到储层研究，精细化程度逐渐深化的过程；另一方面，也集中体现了仪器道数能力进步的主导作用，如果从 2D 到 3D 刚开始就拥有千道仪器，是没有人先搞 2 线施工的。所以从一次三维到开始做二次三维时，有了设备能力的支持，就有余地考虑更细致的问题，比如避免"采集脚印"。

"采集脚印"是对三维地震勘探过程中产生的一类地震噪声的通俗称谓，形成机理为：

（1）炮、检点的离散化分布，造成地下水平层照明强度分布不均匀，并导致 CMP 面元水平叠加、偏移振幅和相位不均匀；

（2）三维观测模板规律性的纵、横向滚动可造成地下 CMP 面元属性的周期性变化，从而导致 CMP 面元水平叠加振幅和相位也呈现周期性变化。

因此，施工过程中跨越地表障碍物的特观手段、观测系统设计考虑不周都可产生"采集脚印"。本试验研究的对象指后一类"采集脚印"，力图在设计阶段避开其影响。一般来说，"采集脚印"的噪声水平对强反射信号影响不大，但它足以影响中、弱反射信号的振幅和相位，从而影响中、深层地质目标的地震成像质量，对储层预测的影响更大，甚至会得出完全错误的预测结果，因此高精度三维地震均视其为一项重要技术指标。

4.2.1　物理模型试验分析

模型的构造特征是已知的，采用的观测系统也是已知的，激发振幅也可控，因此采用物理模型研究"采集脚印"易于得出较明确的结论。本次试验由大港油田提出试验方案，中国石油大学（北京）狄帮让教授研究团队负责模型制作及数据采集，双方合作完成了试验分析工作。

1. 试验用物理模型及数据采集方法

设计了以纵向砂泥交互、横向厚度变化快的薄砂体组合为基本地质素材的一个反"Z"字形砂体模型（图4.14），置于水槽中进行数据采集。该模型由上、下两层水平砂岩和中间一个倾角为15°的砂层组成，所有砂层厚度均为50m（约等于一个地震子波波长），中间设计一条宽为60m的垂直断裂带，砂层边缘及断裂末端均设计成楔状的尖灭模型。

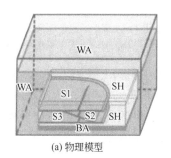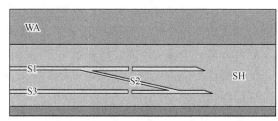

(a) 物理模型　　　　　　　　　　　　　　(b) 平面图

图4.14　置于水槽中的反"Z"字形砂体物理模型及其平面图

模型中的WA表示水层，S1、S2、S3表示上、中、下三层砂体，SH表示泥岩，BA表示基岩。用于试验研究的观测系统为8线10炮120道、45°斜交炮线采集，纵向道距为12m，模板滚动距离为180m（15道），滚动22次，8次覆盖；横向上线间距为120m，炮点距为12m，模板滚动距离为120m，共计23束线，横向4次覆盖。

2. 采集脚印分析与试验结论

1）微震背景下的采集脚印

采集脚印不是随机噪声，而是一种规则噪声。首先比较反射振幅与微震噪声背景的量化关系：原始数据体的振幅范围为+150，其中水底与固体模型顶的交界面反射为强反射，其波峰振幅超过100，上层砂体S1为中等强度反射，下层砂体S3为中、弱反射，微震噪声背景的振幅范围为+10。取800ms的时间切片为研究对象，在此背景下，采集脚印的振幅强度与其他噪声振幅属于同一数量级，各种采集脚印的几何图像在切片图中均得到体现（图4.15）。首先见到的是横向斜交排炮带脚印（"↑"所指），与理论预测完全一致，以裂缝与楔形尖灭线为分界线，从左至右，分别为10条、5条、7条排炮带，共计22条。

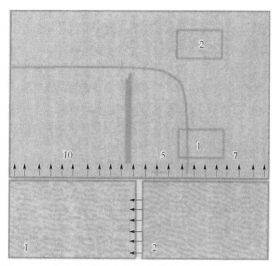

图4.15 水中微震扰动的采集脚印水平切片（800ms）

图4.15中，"↑"为横向炮排带，1为纵向排列炮线，2为33°倾斜炮线，"←"为与Y轴平行的纵向排列线或者炮线脚印。

2）中等信号背景下的采集脚印

图4.16为水底强反射界面时间切片，在图4.16(a)中840ms的反射子波负旁瓣切片上，采集脚印的振幅量级虽然弱于反射信号，但还可以充分影响信号振幅值，在切片上表现为正交的棋盘格图像，在横向上可数出22条排炮带脚印，在纵向可数出40余条炮线脚印（排列线可能与炮线重合），理论预测再次得到验证；在图4.16(b)中848ms子波正波峰时间切片上，此时振幅值超过100，各种噪声均被有效信号淹没。

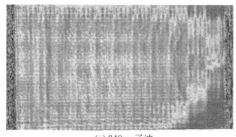
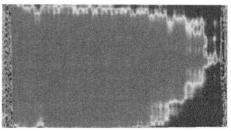

(a) 840ms子波　　　　　　　　　　　　(b) 848ms子波

图4.16 水底强反射界面的时间切片

3）深层中、弱信号背景下的采集脚印

图 4.17 为下层砂体（S3）的 1558ms 反射信号时间切片。由于是中、弱信号，所以图上既出现隐约的炮带脚印，又出现弱背景下清晰的倾斜炮线脚印，说明采集脚印可能会影响深层地质目标的地震成像质量。

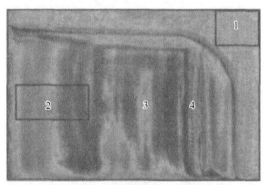

(a) 时间切片

(b) 2的局部放大　　　　(c) 1的局部放大

图 4.17　S3 反射信号 1558ms 时间切片

1—泥岩中炮线脚印；2—S3 中炮线脚印；3—垂直裂缝；4—中间斜层 S2 成像

物理模型试验表明：采用常规线束观测系统施工，在偏移数据体切片上观察到了各种特征的采集脚印，印证了采集脚印的产生机理与理论基本一致，也证明了虽然采集脚印噪声水平对强反射信号影响不大，但它足以影响中、弱反射信号的振幅和相位，从而影响中、深层地质目标的地震成像质量。因此有必要利用采集脚印模拟预测方法，优化高分辨率三维观测系统设计，提高资料采集质量。

4.2.2　刘官庄二次三维地震采集观测系统试验分析

"十五"末期，大港油田勘探范围内主要富油气区已经完成了第一轮次的三维地震采集工作。已经完成的三维地震部署均依据局部地质构造进行独立设计，不同三维区块间观测方位和面元属性差异大，不利于整体研究。完成的 64 块三维区块采集，合计面积 5107km²，平均单块三维面积为 79km²，其中最小的一块三维区块面积仅 9.6km²。下个勘探周期的重点工作是整体研究、规模增储，所面对的重点领域是斜坡区地层岩性油气藏，所应用的主要物探技术将以三维地震二次采集为主，且全部应用 24 位地震仪器，有能力探索更合理的三维地震观测系统，为将要开展的整体部署、分期实施二次采集确定技术路线，其意义不言而喻。

1. 试验方法

试验依托刘官庄三维地震二次采集工程。该三维项目设计观测系统为 8 线 3 炮 144 道中点对称激发方式，道距为 25m，排列线距为 150m，炮点距为 50m，炮线距为 150m，设计覆盖次数为 48 次，面元尺寸为 12.5m×25m。该三维项目共设计并完成 55 束、满覆盖 51.3km²（图 4.18）。

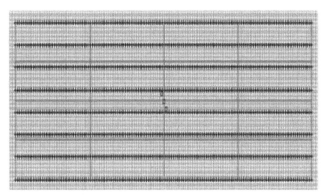

图 4.18 刘官庄二次三维 8 线 3 炮观测系统示意图

试验方法设计是在采集工程确定的观测系统基础上，选择 07~18 束为试验段，采用 3 炮激发 10 线接收方式。该段地下构造相对简单，横向速度变化小，地表条件较好，近地表横向变化小，并且没有特观设计，尽可能降低非观测系统变化因素对资料的影响，增强试验结果的客观性。07~18 束线接收的 12 束线可合成为 10 线 9 炮接收的观测系统，形成一个大数据体。在 10 线 9 炮的观测系统上可以重新设计成多种类型的观测系统用于研究比较。

2. 试验分析与结论

采用 10 线 9 炮观测系统接收形成了 4 束线大数据体，从中可分离出 8 线 3 炮横向滚动 2 个排列、8 线 3 炮横向滚动 1 个排列、4 线 3 炮横向滚动 1 个排列的三个小数据体观测系统试验（图 4.19）。针对每种观测系统数据的处理均采用相同流程，避免不同参数处理对结果的影响。其中相同的地表一致性处理消除了地表条件差异所带来的资料品质差异。去除了坏道、坏炮及噪声干扰，采用相同流程分别进行叠前时间偏移，数据体结果的差异主要由不同的观测系统所产生。

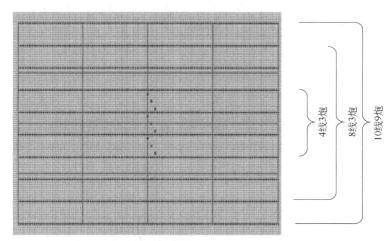

图 4.19　10 线 9 炮形成 4 束线大数据及分离观测系统示意图

　　图 4.20 为 8 线 3 炮横向滚动 2 条排列、8 线 3 炮横向滚动 1 条排列的叠加剖面对比。从中可以看到 8 线 3 炮横向滚动 2 条排列的叠加剖面上有明显的采集脚印，表现为周期性的条带性，很显然这种变化不是地质因素所致。

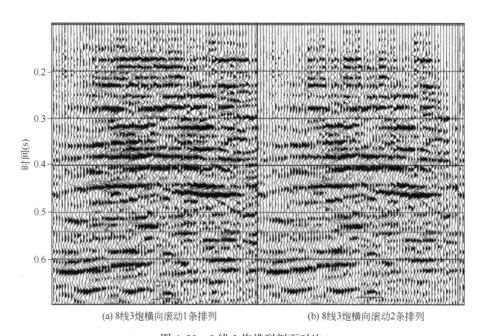

(a) 8线3炮横向滚动1条排列　　　　　　　(b) 8线3炮横向滚动2条排列

图 4.20　8 线 3 炮排列剖面对比

而8线3炮横向滚动1条排列叠加剖面上，这种采集脚印不明显。两种观测系统虽然只有滚动1条和滚动2条排列的差距，但2条排列的滚动距离是排列线距的2倍、道距的12倍，足以形成相邻CDP面元的炮检距突变。通过对剖面的进一步观察，这种采集脚印对浅层的影响更大，对中、深层的影响略小。

在浅层200ms的时间切片上进一步证实了剖面上浅层的采集脚印现象。图4.21是分别对2种观测系统所作的200ms、400ms、800ms的时间切片。在200ms的时间切片上，滚动2条排列比滚动1条排列具有非常明显的周期性、条带状"采集脚印"；但在800ms的时间切片上，这种差别不明显。这说明"采集脚印"对浅层的影响更严重。

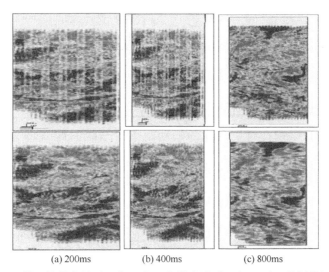

(a) 200ms　　　　　(b) 400ms　　　　　(c) 800ms

图4.21　8线3炮横向滚动2条（上）与横向滚动1条（下）数据体切片对比

图4.22是将2种观测系统数据体进行面元均化处理前后的剖面对比，结果表明，面元均化后，"采集脚印"被明显被削弱，说明以往不尽合理的观测方式在最终结果上却没有明显的"采集脚印"现象，是得益于资料处理的贡献。这类贡献造成了视觉上的高信噪比，对构造勘探的影响虽然较小，但很显然在岩性勘探阶段不容忽视。

2004年冬至2005年春在刘官庄二次三维采集项目中完成了观测系统试验，是大港探区规模开展二次三维地震前最重要的一个方法试验，用实际资料证实了采集过程中观测系统不当的滚动方式所产生的"采集脚印"，为下步全区地震二次采集方法指明了方向。以此试验结论为指导，相继在歧口凹陷完成

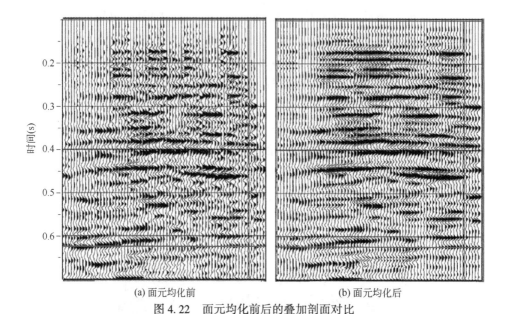

(a) 面元均化前   (b) 面元均化后

图 4.22   面元均化前后的叠加剖面对比

了 $5280km^2$、在沧东凹陷完成了 $1760km^2$ 两个二次三维地震整体采集，最重要的观测系统设计原则：线束之间的滚动距离等于线间距（即只滚动 1 条排列）、尽可能采用较小的线间距，分期实施的不同三维区块的线距保持一致，尽可能采用宽方位观测。

宽方位、高密度、分辨率相关采集方法试验分析

    "十二五"末至"十三五"期间，大港探区已基本完成了富油气凹陷的三维地震二次采集，地震勘探技术又一次面临着方向性选择。一是勘探重点与领域的转变，油田所处的黄骅坳陷在渤海湾盆地中有构造活动剧烈，断裂系统复杂，主要勘探目标层古近系的沉积具有物源多、延伸短、变化快、交错叠置的特点。随着勘探程度逐年提高，地层—岩性油气藏、页岩油、非常规致密油等成为重点潜力区，对地震资料精度要求越来越高。二是随着地震勘探技术的迅猛发展，设备能力大幅度提高与完善，宽方位高密度地震采集技术已成为该时期关注的热点，人们希望这一技术可以提高地震资料的分辨率和信噪比，有利于勘探开发的储层预测和油藏描述。普遍认为，高密度的全三维对称勘探技

术有更好的空间连续性，且覆盖次数规则，采集脚印最弱，可以更好地压制叠前噪声，最大限度地减少叠前偏移假象并利于地震数据的后续处理，如 AVO 分析、反演等。这个阶段，中石油川庆物探与斯伦贝谢公司合作在四川、准噶尔、塔里木和鄂尔多斯盆地完成了 4 块 UniQ 采集，炮道密度超过 1000 万道/km²。但是应该看到的是，宽方位高密度勘探的性价比也是一个不能回避的问题。大港油田在三维地震二次采集期实施的三维项目炮道密度平均值在 20 万道/km² 左右，支撑了至少十年的勘探开发工作。因此，下一个目标勘探周期内，如何利用好地球物理新技术，并与大港的勘探实践结合好，需要大量的基础研究作为支持，其中最重要的还是针对性试验。

这部分的试验分析重点剖析 2 个模型试验和 2 个采集项目试验。2 个模型试验是指：（1）研究面元大小与地震资料横纵向分辨率关系的"Z"字形物理模型试验；（2）研究宽方位、高密度勘探方法的三维数值模拟试验。2 个采集项目试验是指：（1）在海域开展的高密度小道距二维试验；（2）宽方位、高密度采集现场试验（孔南 26×1 试验三维）。

为便于叙述，保持试验过程和分析的相关性、逻辑性，将小道距二维采集试验与"Z"字形物理模型试验、宽方位高密度采集试验与三维数值模拟试验两两合并分析，但在以下的叙述中将按照试验的时间前后加以论述。

4.3.1　面元（点距）大小与纵横向分辨率关系试验分析

观测系统设计中关于面元（道距）尺寸的确定，普遍遵循以下 2 个约束条件：

一是要满足最高无混叠频率要求，即

$$b = \frac{v_{\text{int}}}{4f_{\text{max}}\sin\varphi}$$

式中　f_{max}——最高无混叠频率，即最大有效波频率；

　　　v_{int}——上覆地层速度；

　　　φ——地层倾角。

二是要满足横向分辨率，即横向分辨率要满足每个优势频率 f_{dom} 的波长内 2 个样点，其表达式为

$$b = \frac{v_{\text{int}}}{2f_{\text{dom}}}$$

式中　f_{dom}——目标优势频率，即最大有效波主频；

　　　v_{int}——上覆地层速度。

很显然，施工中面元的尺寸约束了可能分辨的地质体规模。面元（道距）大小与横向分辨率的关系有清楚的正相关性，但是缩小面元（道距）尺寸与提高纵向分辨率之间是完全的正相关吗？首先分析一个二维地震小道距采集试验。

1. 张巨河海域高密度、小道距二维采集试验分析

试验选择在海域进行，地表条件较单一，也较少受不确定噪声影响。试验线长度为 5km，采集参数为最大炮检距 3000m，CDP 点距 5m，覆盖次数 60次。后续处理可以获得不同 CDP 点距（5m、15m、25m）的资料，保持相同的 60 次覆盖次数。图 4.23 为不同点距的叠加剖面，视觉分辨率 5m 点距好于15m 和 25m 点距剖面。

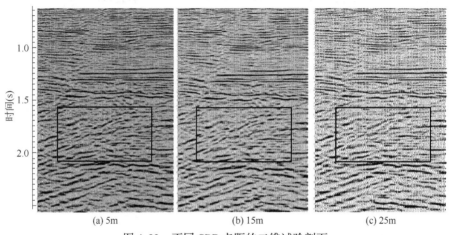

图 4.23　不同 CDP 点距的二维试验剖面

图 4.24 为 5m 点距与 25m 点距剖面频谱对比，以 -20dB 为参考线，5m 小道距的高频端可达到 55Hz，而 25m 道距的高频端达到 50Hz；以 -30dB 为参考线，5m 小道距的高频端可达到 76Hz，而 25m 道距的高频端达到 67Hz。实际采集的资料分析表明，小道距资料的振幅谱频带明显宽于较大道距资料。

2. "Z" 字形物理模型试验分析

利用 4.2 节所述的反 "Z" 字形物理模型进一步开展面元大小与分辨率关系研究，模型参数和采集参数见 4.2 节。从数据体中提取出 6m×6m、12m×12m、24m×24m 三种面元，重点对比模型中、上层砂体的剖面反映和振幅谱特征。从图 4.25 中可明显看出：三种不同尺寸的面元振幅谱几乎没有变化，以 -20dB 为参考线，它们的高频端几乎都在 130Hz。模型资料分析结果表明，不

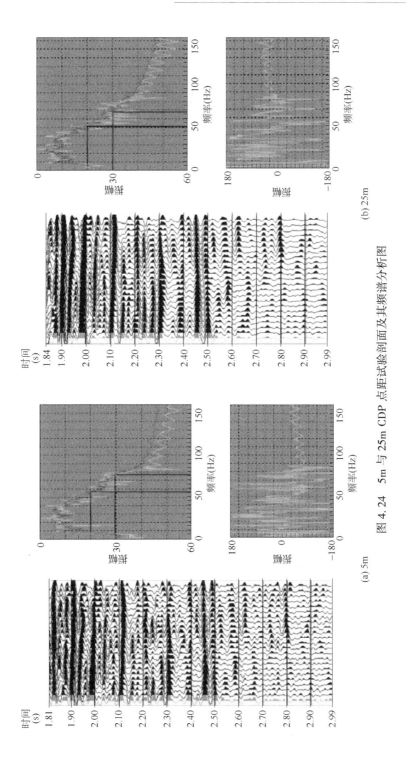

图 4.24　5m 与 25m CDP 点距试验剖面及其频谱分析图

同面元尺寸对地震资料的纵向分辨率没有影响，这一点与实际资料采集试验并不一致。

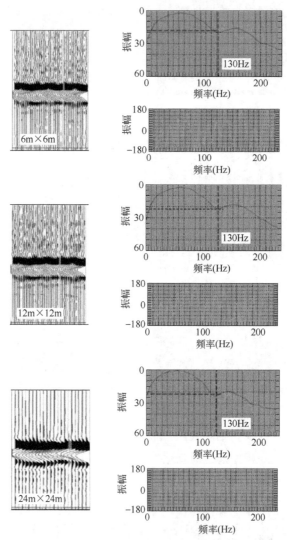

图 4.25　模型正演不同 CDP 点距剖面及其频谱图

那么，模型试验的不同面元对横向分辨率影响是否明显呢？三种面元偏移成像的横向空间分辨率主要通过水平时间切片来进行分析对比，对比重点是设计模型中的断裂带成像质量和上、下砂层边缘尖灭带的偏移归位精度。

图 4.26 为三种不同尺寸面元数据体切片，切片深度分别为 1244ms 和

1260ms。可以看出 6m×6m 和 12m×12m 两种面元的断裂成像质量基本相当，裂缝形状、宽窄相同，但 6m×6m 面元的边界清晰度略优于 12m×12m 面元，而 24m×24m 面元的断裂成像稍差，图像较模糊，分辨率较低。楔形尖灭带对比的结果为：6m×6m 和 12m×12m 两种面元资料的尖灭带轮廓形态及切片图像清晰度几乎相同，而 24m×24m 面元因受到采集痕迹的噪声干扰，尖灭带轮廓发生明显畸变。物理模型试验结果表明，小面元提高横向分辨率的结论是明确的，与理论完全一致。

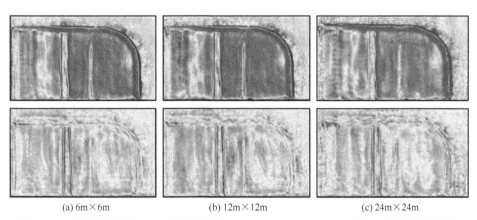

(a) 6m×6m　　　　　　　　(b) 12m×12m　　　　　　　(c) 24m×24m

图 4.26　模型正演不同 CDP 点距数据体 1244ms（上）、1260ms（下）时间切片分析图

关于实际资料与物理模型结果差异的分析：实际资料是在一定噪声背景下采集的，小面元使资料在单位面积内数据量增大，单位长度内总道数增加，因此实施面元之内各道的叠加提高了高频端信噪比，进而提高了纵向分辨率；物理模型正演是在相对低噪声环境下（可以认为静噪环境）采集的，虽然小面元使资料在单位面积内数据量增大，单位长度内总道数增加，但由于几乎是静噪背景，所以最终面元叠加对提高高频端信噪比影响不大，也就是说没有提高纵向分辨率。实际资料和物理模型结果表明，小面元本身并没有提高纵向分辨率，小面元提高纵向分辨率的实质是水平叠加多次覆盖优势的隐含体现。但小面元提高横向分辨率的结论是明确的。

4.3.2　宽方位、高密度采集的技术经济性试验分析

随着采集设备能力的提高，"宽方位、高密度"采集方法得到普遍应用，同时业内对该技术发展前景的讨论也一直没有停歇。从地球物理勘探的基本原理出发，该类方法的技术优势毋庸置疑，讨论的重点集中在其经济性。姑且不

论仪器接收道数的占用成本，单就激发成本而言，随着可控震源的各种高效扫描方式的应用，其生产日效达到几万炮的水平，自然高密度激发已不成问题；但东部仍以炸药震源为主的探区，高密度激发在成本和环保等方面均承担了沉重压力。因此，在又一个勘探阶段即将到来前，大港探区首先开展了"宽窄方位、高低密度"三维地震采集的技术经济性试验工作。

宽方位的概念并没有一个统一的标准。一种观点认为：当横纵比大于 0.5 时即为宽方位观测系统，小于 0.5 时为窄方位采集观测系统。另外一种更加细化的观点认为：当横纵比小于 0.5 时为窄方位，横纵比在 0.5~0.6 之间时为中等方位，横纵比在 0.6~0.85 时为宽方位，横纵比大于 0.85 是为全方位采集观测系统。至于高密度的概念，更是见仁见智的一个相对指标。但采用炮道密度（单位面积内炮检对数量）作为衡量标准，确为业内普遍共识。以大港油田 2004—2014 年期间实施的二次三维地震采集项目为例，炮道密度的平均值在 20 万道/km² 左右，与 20 世纪八九十年代的首轮三维采集项目 1.6~6.4 万道/km² 的炮道密度相比，已属于"高密度"了，但与现阶段的高密度采集却不可同日而语。因此，有必要开展目标勘探阶段的技术经济一体化研究，制定指导下步技术路线。

1. 沧东凹陷 26×1 井区宽方位、高密度采集试验分析

采集试验区位于沧东凹陷，主要目标层为古近系孔一段、孔二段。特别是孔二段为沧东凹陷的主力生油层，以湖相沉积为主，湖盆边缘为常规砂岩，湖盆中心以过渡岩的细粒沉积物为主。前者主要发育常规砂岩油气藏，砂体边界预测精度要求高，需要利用高密度、宽频带地震资料进行刻画；后者为页岩油发育区，地质甜点和工程甜点的精细预测均需要更高精度的地震资料支撑。图 4.27 为试验区的范围图，底图为孔二段综合评价图。

试验区已有地震资料为 2007 年的常规采集数据，孔二段地震反射特征为低频强振幅的连续反射，普遍由 3~4 个强连续同相轴组成，地质上可进一步细分为孔二¹、孔二²、孔二³、孔二⁴ 四个油组。随着页岩油勘探开发的深入，孔二段作为源储一体的有利目标层系，确定了 C1~C7 等 7 个甜点段（图 4.28），甜点段的划分基本依靠井筒资料，在地震资料上难以分辨。本次采集试验的地质任务是区分常规砂岩储层与页岩油储集体的分界，进而可以对甜点段地震反射特征开展精细研究、储层预测，助力水平井轨迹优化；试验任务是应用全方位、高密度采集成果开展技术经济分析，寻求性价比最好的目标采集方案。

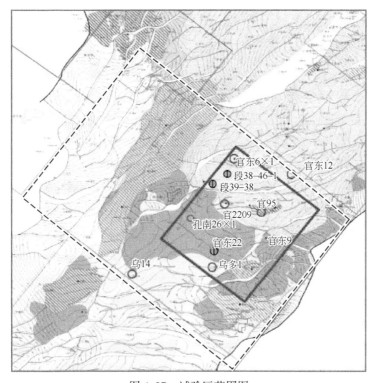

图 4.27　试验区范围图

实线框为本次试验采集，虚线框为常规采集范围

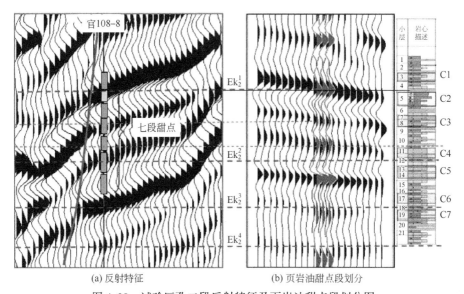

图 4.28　试验区孔二段反射特征及页岩油甜点段划分图

采集试验设计了横纵比为 1.0、面元尺寸为 10m×10m、炮道密度达到 361 万道/km² 的观测系统。技术方案具有高道数、高密度、连续对称采样的特点，相较 2007 年的常规二次三维 28.8 万道/km² 的炮道密度，提高了 12 倍。两个年度采集详细参数见表 4.2。

表 4.2　2007 年、2015 年采集参数对照

采集年度	2007 年	2015 年
观测系统	16L4S144T	38L10S380T
面元(m)	25×25	10×10
覆盖次数(次)	8×18＝144	19×19＝361
炮道密度(万道/km²)	28.8	361
横纵比	0.44	1.00
时间采样率(ms)	1	1
仪器型号	I/O Image	428XL
检波器型号	20DX 组合	SG-5 单点
震源类型	炸药	炸药

从表中所列的主要指标看，二者仪器类型同档次，时间采样率和震源一致，接收方面有组合与单点的差别，其他差异主要来自方位角宽窄、密度高低、面元大小等方面，两类资料用于比较三维地震采集宽窄方位、高低密度的技术较有说服力。此外，针对新采集的试验资料，其横纵比为 1.0，炮道密度达到 361 万道/km²，有条件分解出窄方位、较低密度的观测系统，可比较不同观测系统的技术经济性。

分析方法遵循两个原则：一是新、老三维资料均在完全一致的流程下处理（对老资料按照新资料的相同流程重新处理）；二是在单炮、剖面、切片、频谱、频扫、细节放大等对比方面，所选取的窗口大小、显示位置、显示方式、放大倍数等参数严格统一，最大限度保持了新、老对比的客观性。

1）单炮对比分析

在试验工区内等间距选择 9 个点单炮进行考察分析。图 4.29 是其中一个相同位置点的单炮及频谱，单炮品质基本相当。对 1800～2200ms 和 2800～3200ms 两个主要目的层时窗频谱分析表明，两个年度原始单炮频率特性基本一致，深层时窗内新资料体现了一定的低频端优势，分析认为可能是得益于试验采集使用的低主频单点检波器。总体上二者的单炮资料在信噪比和频宽方面基本相当。

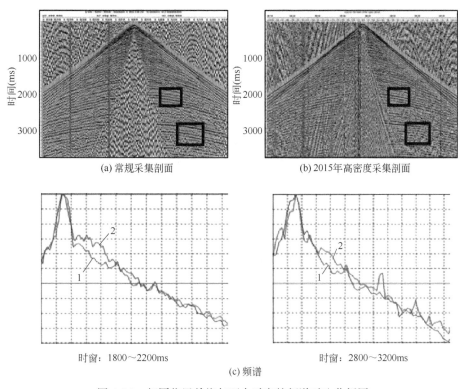

(a) 常规采集剖面　　　　　　　　　　(b) 2015年高密度采集剖面

时窗：1800～2200ms　　　　　　　时窗：2800～3200ms

(c) 频谱

图4.29　相同位置单炮与两个时窗的频谱对比分析图

曲线1为2007年常规采集，曲线2为2015年高密度采集

2）偏移剖面及切片对比分析

图4.30是在工区内等间距抽取的叠前时间偏移剖面对比，2015年小面元、高密度试验资料在构造和层间弱反射的细节表现方面优于原三维资料。这一点在相干切片上的差异性更明显，图4.31是1600ms的相干切片，相当于古近系上部地层。

新资料的断层清晰程度、微小构造细节表现等方面具有明显优势，符合小面元、高密度三维提高横向空间分辨率的认识。虽然理论上不能提高纵向的时间分辨率，但不可否认小面元、高密度资料解决地质问题的能力明显高于常规资料。

3）宽窄方位、高低密度采集的技术经济性分析

如果不考虑投资和性价比，宽方位、高密度地震采集资料好于常规方法资料，是个不争的事实。因此，这部分的分析将针对经济性方面。无论是接收排

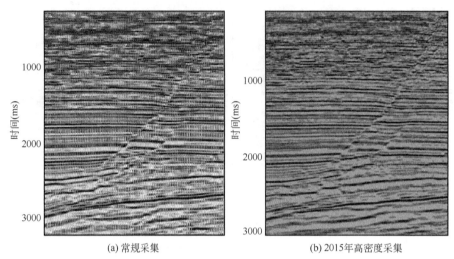

(a) 常规采集   (b) 2015年高密度采集

图 4.30   两个年度相同位置剖面对比

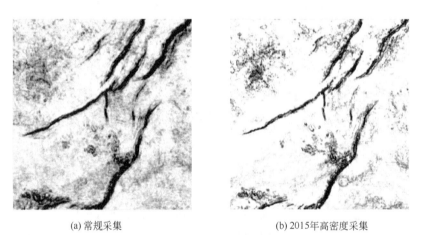

(a) 常规采集   (b) 2015年高密度采集

图 4.31   两个年度相同时间的相干切片对比

列条数、道距还是激发点距（面元）等差异，将围绕炮道密度的优化展开，即多高的炮道密度可以经济地完成地质任务，目的是在技术先进性和投资之间探寻平衡点，找到性价比最佳的方法。不同方法的处理流程完全一致，为减小处理工作量，最终对比应用的为叠前时间偏移数据体，分析标的为剖面、切片、频谱等。

（1）不同的接收排列数量分析。

投入的接收排列数量直接关系到仪器占用费用、时效、人工、质控等方方面面，是个三维地震采集项目关键性指标。分析方法是固定 CDP 面元尺寸为

10m×10m，针对原始观测系统 38L10S380T、减去 6 条排列的 32L10S320T 观测系统、减去 12 条排列的 26L10S320T 观测系统进行对比（表4.3）。

表4.3 不同排列数的观测系统参数对照

观测系统	38L10S380T	32L10S320T	26L10S320T
接收道数	14440	10240	10×10
覆盖次数	19×19＝361	16×16＝256	16×13＝208
炮道密度（万道/km²）	361	256	208
横纵比	1.00	1.00	0.81
最大偏移距（m）	5360	4511	4109

① 成果剖面宏观效果及频谱对比。图4.32、图4.33 分别是 3 种观测系统的叠前时间偏移成果剖面和不同时窗的频谱对比，剖面视觉上三者几无差别；在浅、中层时窗的频谱曲线上，三者完全重合，只在深层频谱是有细微差别，并且是随机的。

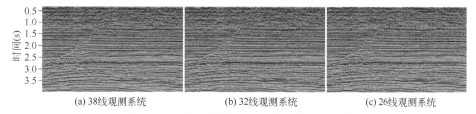

(a) 38线观测系统　　　　(b) 32线观测系统　　　　(c) 26线观测系统

图4.32 三种观测系统的叠前偏移剖面对比

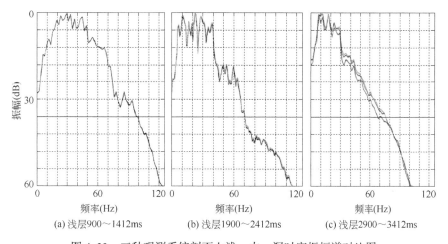

(a) 浅层900～1412ms　　(b) 浅层1900～2412ms　　(c) 浅层2900～3412ms

图4.33 三种观测系统剖面上浅、中、深时窗振幅谱对比图

② 构造细节对比。图 4.34 为 3 种观测系统叠前时间偏移成果的沙三段内幕细节放大显示，箭头所示的内幕超覆砂体弱反射特征，在三个剖面上均得到一致的体现，几无差别。

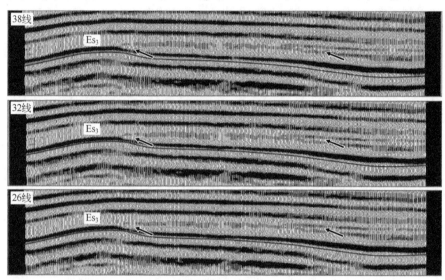

图 4.34 三种观测系统沙三段内部反射放大显示剖面

③ 时间切片和相干切片对比。图 4.35、图 4.36 分别是 3 种观测系统叠前偏移成果的时间切片和相干切片，分别针对浅层 1000ms 的馆陶—明化镇组、主要目的层 2600ms 的孔店组。图的上半部为时间切片，下半部为相干切片。

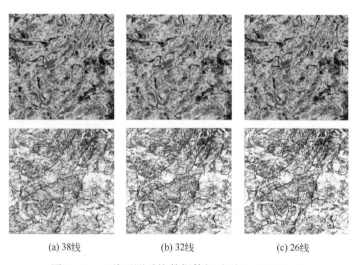

(a) 38线   (b) 32线   (c) 26线

图 4.35 三种观测系统数据体切片对比（1000ms）

深、浅层切片均表明，三者的一致性相当强，一些细微差异也许还应考虑切片位置的误差因素。因此，切片显示上差别不明显。

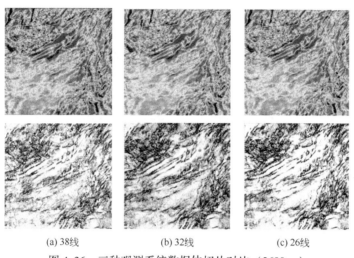

(a) 38线　　　　　(b) 32线　　　　　(c) 26线

图4.36　三种观测系统数据体切片对比（2600ms）

（2）不同面元的对比分析。

分析方法是固定32条接收排列，针对32L10S320T、CDP面元尺寸为10m×10m的观测系统和32L5S160T、CDP面元尺寸为20m×20m的观测系统展开分析。32L5S160T观测系统的获取方法为排列纵向抽道、炮线横向抽炮，面元扩大一倍，炮道密度减少为原来的1/4（具体参数见表4.4）。分析流程方法与（1）相同，针对剖面、切片、频谱等方面等。

表4.4　不同面元的观测系统参数对照

观测系统	32L5S160T	32L10S320T
接收道数	5120	10240
面元尺寸(m)	20×20	10×10
覆盖次数	16×16＝256	16×16＝256
炮道密度(万道/km²)	64	256
横纵比	1.00	1.00
最大偏移距(m)	4497	4511

① 成果剖面宏观效果及频谱对比。图4.37是2种观测系统的叠前时间偏移剖面和不同时窗的频谱对比，在剖面的宏观效果上，二者区别不大，但细节差异有所体现，对小断裂和层间弱反射的体现上，小面元表现出了更高的清晰

度。很显然，高密度带来的更高的信噪比提高了实际资料的解决问题能力。二者的频谱曲线差别不大，只在深层频谱曲线上，小面元的频宽略好。

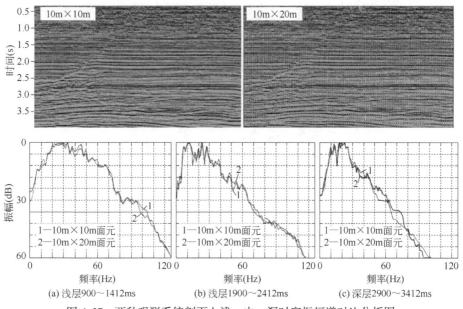

(a) 浅层900～1412ms　　(b) 浅层1900～2412ms　　(c) 深层2900～3412ms

图4.37　两种观测系统剖面上浅、中、深时窗振幅谱对比分析图

② 构造细节对比。图4.38为两种观测系统的叠前时间偏移的沙三段内幕细节放大显示，箭头所示的内幕超覆砂体弱反射特征，小面元体现出了更高的清晰度。

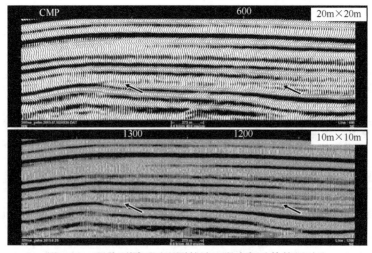

图4.38　两种不同面元观测的沙三段内部砂体特征对比

③ 切片效果对比。图 4.39 是两种观测系统叠前偏移的相干切片，分别针对浅层 1000ms 的馆陶—明化镇组［图 4.39(a)］、主要目的层 2600ms 的孔店组［图 4.39(b)］。小面元的浅层切片细节表现能力好于加大面元，但在深层切片上体现的优势不明显。

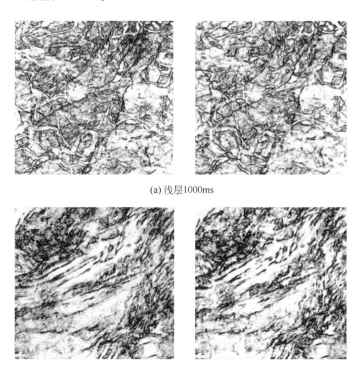

(a) 浅层1000ms

(b) 主要目的层2600ms

图 4.39　两种不同面元观测的沙三段内部砂体特征对比

孔南 26×1 井采集项目（现场试验）分析结果为开展高密度目标采集提供了指导性意见：宽方位、高密度目标采集是满足复杂目标体研究精度的必要条件。在宽方位的指标选择上，0.6~0.8 左右的横纵比可以满足大港探区多数目标勘探的地质需求，极浅目标层可以考虑全方位采集；小面元采集对解决中、浅层目标的地质问题能力更强，针对 Nm~Ng 的浅层目标层位可以采用 5~10m 的面元，大多数 Es~Ek 目标层位可采用 10~20m 的面元。100 万道/km² 以上的炮道密度可以满足现阶段大多数地质目标的勘探需求，在技术经济一体化方面获得较好的平衡点。

2. 三维数值模拟试验分析

首先设计了如图 4.40 所示的砂泥岩薄互层三维模型。该模型由上、下两套砂层的背斜构造组成。砂层Ⅰ为厚度20m的单砂体背斜构造，砂层Ⅱ为三层砂岩构成的薄互层背斜构造，两套地层被同一条正向断层F3切割。在砂层Ⅰ砂层上还设计了两条走向互相垂直的小断层F1与F2，断层走向延伸500m左右，中央部位的最大水平断距5m，沿断裂走向至两端逐渐减小为零；断层垂向断距在中央部位最大5m，向两端逐渐减小为零。图4.40(b)为数字化后的一条二维剖面的速度模型示意（A—B二维横剖面），其中深色背景为基质

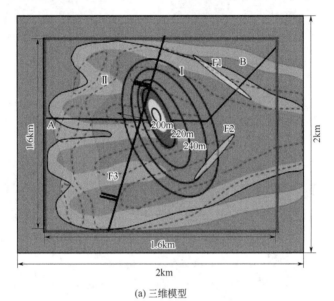

(a) 三维模型

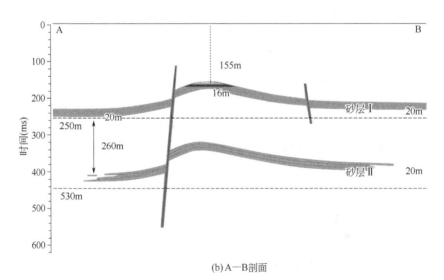

(b) A—B剖面

图4.40　三维模型及A—B方向的一条剖面示意图

泥岩,其速度为 2800m/s;浅色为含水砂岩,其速度为 3200m/s;背斜顶部的条状区域为含油砂岩,其速度为 3050m/s;白色区域为含气砂岩,其速度为 2900m/s;砂层Ⅰ构造顶部距模型上边界 155m。

地震反演和属性分析大都基于褶积模型,因为它是简洁并直观的合成地震记录表现方式,可以作为波动方程正演结果的对标分析,因此首先选用峰值频率为 30.7Hz 的零相位 Ricker 子波,利用褶积模型生成网格为 5m×5m 的三维地震数据体。图 4.41 显示了纵向和横向两个方向对应的褶积模型剖面。

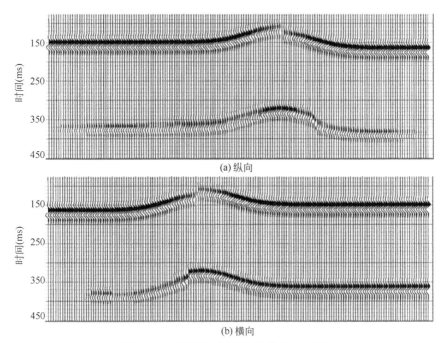

图 4.41 褶积模型的纵向与横向剖面图

1)地震波场正演模拟观测系统设计及对比方案

本次试验设计了如表 4.5 所示的采集观测系统及对比方案,其中最左侧观测系统(120L1S120T)为数值模拟采集原始方案,是一个全方位、高密度、完全对称采样的理想观测系统,炮道密度达到 14400 万道/km²。其他观测系统均分离自原始观测系统,第一组的三个(30L4S120T、30L2S60T、30L1S30T)用于不同面元的数据比较,它们的排列线数均为 30 条,覆盖次数均为 225 次,其面元分别为 5m×5m、10m×10m、20m×20m;第二组的三个(60L2S120T、30L2S120T、15L2S120T)用于不同排列线数的比较,它们的面元均为 5m×5m,覆盖次数分别为 900 次、450 次、225 次,横纵比分别为 1.00、0.5、0.25。

表4.5　数学模型上的不同观测系统对比方案

观测系统	120L1S120T	30L4S120T	30L2S60T	30L1S30T	60L2S120T	30L2S120T	15L2S120T
接收道数	14400	3600	1800	800	7200	3600	1800
面元(m)	5×5	5×5	10×10	20×20	5×5	5×5	5×5
覆盖次数	60×60=3600	15×15=225	15×15=225	15×15=225	30×30=900	15×30=450	7.5×30=225
炮道密度（万道/km^2）	14400	900	225	56.25	3600	1800	900
横纵比	1.00	1.00	1.00	1.00	1.00	0.5	0.25
滚动距(m)	10	40	40	40	20	20	20

2）参数对比分析

（1）数值模拟结果与褶积模型对比。

图4.42是模型原始观测系统数据（120L1S120T）的叠前深度偏移处理主测线及联络测线剖面，并与褶积模型进行了对比分析。通过对比，无论是主测线方向还是联络测线方向，偏移剖面都与褶积模型有很高的契合度，其中大断裂切过上下两层砂体，断层位置基本相同，对断距的刻画偏移剖面略有差距。

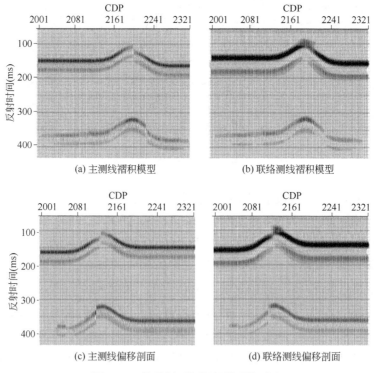

(a) 主测线褶积模型　　　　　　　　　　(b) 联络测线褶积模型

(c) 主测线偏移剖面　　　　　　　　　　(d) 联络测线偏移剖面

图4.42　偏移剖面与褶积模型的对比

从整体上看，全方位观测系统偏移结果在成像和保幅方面还是满足要求的，正演模拟取得了较为满意的结果，同时也说明全方位资料偏移成像的保幅性。

（2）不同面元对比分析。

面元尺寸是"宽方位、高密度"地震数据中影响经济性、技术性的重要指标。为了验证不同面元观测系统对地震成像质量的影响，将正演的高密度数据简化成几种不同面元观测系统的地震数据，应用已知速度模型进行叠前偏移成像处理，分析其成像效果差异，主要从剖面对比、层位对比、振幅属性对比三方面展开分析。

表4.6是在原始高密度全方位观测系统的基础上，固定炮线距和横纵比，分别提取了面元为5m×5m、10m×10m、20m×20m的三个方案。表中的方案a为原始采集观测系统，b、c、d是从中抽取的观测系统，它们的排列条数均为30线，线距和滚动步长都是40m，面元尺寸分别为5m×5m、10m×10m、20m×20m。

表4.6　不同面元的观测系统对比方案

方案	横纵比	观测系统	道距（m）	炮点距（m）	接收线距（m）	炮线距（m）	滚动距（m）	面元（m）
a	1.0	120L1S120T	10	10	40	40	40	5×5
b	1.0	30L4S120T	10	10	40	40	40	5×5
c	1.0	30L2S60T	20	20	40	40	40	10×10
d	1.0	30L1S30T	40	40	40	40	40	20×20

图4.43为主测线方向的偏移剖面对比，可以看出随着面元的增大，剖面的整体分辨率在降低，尤其是下层砂体的同向轴振幅变弱，断点位置清晰度变差。考虑到本次使用的模型为薄互砂层，因此可以进一步利用砂体进行层位以及均方根振幅对比。

从图4.44显示的层位图上可以看出：随着面元的增大，层位图对断层边界的刻画会逐渐模糊，其分辨率降低（图中框内）；在均方根振幅图中，随着面元的增大，断层边界的刻画变得模糊不清，尤其对砂体形状的刻画和厚度的预测都在逐渐变弱，断层右侧砂体的分辨率下降严重（图中圈内）。这说明面元大小不仅影响了横向分辨率，也影响了成像结果的保幅性能。小面元资料表现出的高分辨率也与其更高的炮道密度有关，因为其高频端信噪比更高。

（3）宽窄方位对比分析。

横纵比是衡量三维地震数据方位宽窄的量化指标，在勘探决策阶段会被反复斟酌。一方面宽方位数据是开展储层各向异性研究、裂缝预测的基础，另一方面方位角宽窄也直接决定了设备投入、施工难度及效率。因此，开展以模型

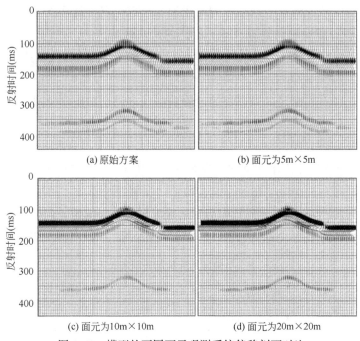

(a) 原始方案　　　　　　　　　　(b) 面元为5m×5m

(c) 面元为10m×10m　　　　　　　(d) 面元为20m×20m

图 4.43　模型的不同面元观测系统偏移剖面对比

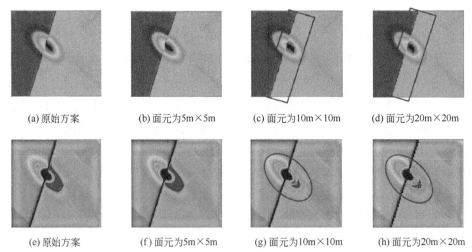

(a) 原始方案　　(b) 面元为5m×5m　　(c) 面元为10m×10m　　(d) 面元为20m×20m

(e) 原始方案　　(f) 面元为5m×5m　　(g) 面元为10m×10m　　(h) 面元为20m×20m

图 4.44　不同面元观测系统在砂层 I 砂体时间层位与均方根振幅图

（a）~（d）为时间层位图，（e）~（h）为均方根振幅图

正演为基础的横纵比参数优化分析，对地震目标采集工程的指导具有重要意义。表4.7是在相同面元条件下，几种不同横纵比的观测系统参数表，它们的面元、道距、炮点距、偏移距都相同，通过调整观测系统的接收线数量形成不同横纵比的观测系统。与表4.6相同，a方案为原始采集观测系统，方案b、c、d为从中抽取的观测系统用于对比横纵比参数。

表4.7 不同横纵比的观测系统对比方案

方案	横纵比	观测系统	道距(m)	炮点距(m)	接收线距(m)	炮线距(m)	滚动距(m)	面元(m)
a	1.0	120L1S120T	10	10	10	10	10	5×5
b	1.0	60L2S120T	10	10	20	20	20	5×5
c	0.5	30L2S120T	10	10	20	20	20	5×5
d	0.25	15L2S120T	10	10	20	20	20	5×5

图4.45、图4.46分别为几种观测系统的偏移剖面对比、砂体时间层位和均方根振幅结果对比，可以发现随着纵横比减小（方位角变窄），剖面整体差异不大，仅在砂层Ⅰ的"平点"位置略有差异。

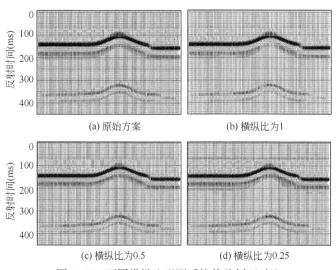

(a) 原始方案　　　　　　(b) 横纵比为1

(c) 横纵比为0.5　　　　　(d) 横纵比为0.25

图4.45 不同横纵比观测系统偏移剖面对比

在砂体时间层位图上随着纵横比的减小，砂层Ⅰ有些层位偏离准确位置，并对构造高点砂体的刻画变得模糊不清（图中圈内）。均方根振幅图很好地反映了断层边界和砂体形状，但是随着横纵比的减小，如横纵比减小到0.25［图4.46（h）］时，其联络测线方向出现了类似"采集脚印"现象（图中圈内）。可以发现随着横纵比的增加，成像质量逐步得到改善。因此在保持勘探

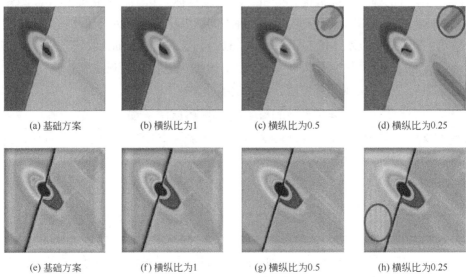

图 4.46　不同横纵比观测系统在砂层 I 时间层位与均方根振幅分析图

(a)~(d) 为时间层位图，(e)~(h) 为均方根振幅图

成本不增加的条件下，提高横纵比，即宽方位观测系统对于复杂地下地质构造成像更有优势。因为相对于窄方位角地震勘探，宽方位具有更高的覆盖次数，能够更好地利用三维波场特征压制各种噪声，提高信噪比。同时，宽方位角采集有更丰富的波场信息和照明强度，对复杂断层以及陡倾角等构造的成像更有利。宽窄方位角在炮检点的空间采样特性不同，宽方位在 AVO 以及方位角变化上能提供丰富的信息，其成像更为连续，在识别地层岩性变化以及复杂储层预测方面更有优势。该试验从数值模拟上进一步证实了宽方位观测系统的优势。

（4）炮道密度指标的经济性分析。

炮道密度是衡量三维地震资料技术特征的综合性指标，是覆盖次数、面元大小的综合反映，也是现阶段地震勘探工程定额及甲乙双方合同谈判的重要依据。毋庸置疑，从地震勘探的基本原理出发，高炮道密度地震资料的技术指标是最好的。但从技术经济一体化的角度考量，也是方案设计中的焦点问题之一。因此，借助本次数值模拟数据，在有确定解的条件下，对炮道密度进行了量化对比分析。在分离出的多套数据体中选择了相同面元的 6 套数据开展分析工作，炮道密度分别为 56.25 万道/km²、225 万道/km²、900 万道/km²、1800 万道/km²、3600 万道/km²、14400 万道/km²。图 4.47 为 6 套数据体的偏移剖面，图 4.48 为模型砂层 I 的时间层位和均方根振幅图。从偏移剖面可以看出，随着炮道密度的增大，剖面的信噪比和分辨率也逐步提高。尤其是下层砂体的同向轴振幅变强，断点位置趋于更清晰。当炮道密度超过 900 万道/km^2 以上时，剖面差异很小。从图 4.48 的层位图和均方根振幅图上看，随着炮道密度的增加，断层边界逐渐清晰，分辨率也明显提高（方框、圈内）。当炮道密度超过 900 万道/km^2 以上时，差异非常小。该试验说明了针对复杂构造砂泥岩薄互层地震勘探，炮道密度达到 900 万道/km^2 以上较为理想，考虑到投资限制和施工难度，炮道密度至少应在 225 万道/km^2 以上。该项指标是在静噪下的数值模拟，也未考虑实际施工中炮检点能量变化的影响，因此仅有指导意义。

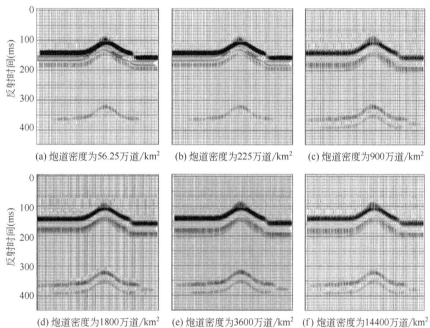

(a) 炮道密度为56.25万道/km^2　　(b) 炮道密度为225万道/km^2　　(c) 炮道密度为900万道/km^2

(d) 炮道密度为1800万道/km^2　　(e) 炮道密度为3600万道/km^2　　(f) 炮道密度为14400万道/km^2

图 4.47　不同炮道密度观测系统偏移剖面对比

通过对模型采集数据分离出的多套观测系统分别进行叠前深度偏移成像处理，并按照面元、纵横比、炮道密度等多角度进行了对比分析，分析了各项参数对成像质量的影响程度。就本次模型试验而言，对成像质量影响最大是横纵比指标，进一步说明宽方位目标采集的重要性。此外，炮道密度 900 万道/km^2 以上较为理想的结论，也仅适用于本模型条件，实际生产时需要根据地质任务和投资设计技术方案。本模型试验中不同炮道密度观测结果的差异，可为实际采集项目的技术方案对比、评估提供参考意义。

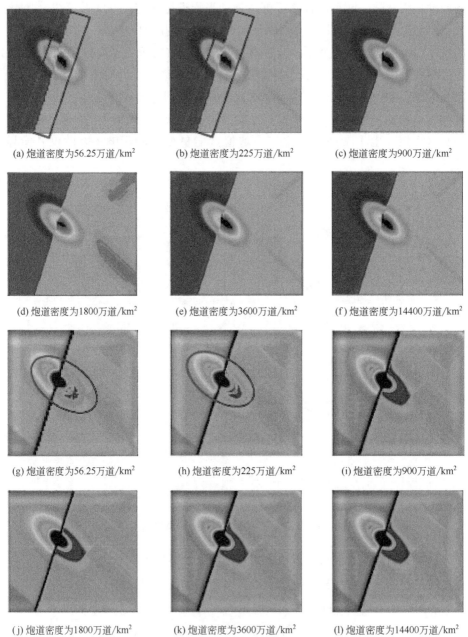

(a) 炮道密度为56.25万道/km²   (b) 炮道密度为225万道/km²   (c) 炮道密度为900万道/km²

(d) 炮道密度为1800万道/km²   (e) 炮道密度为3600万道/km²   (f) 炮道密度为14400万道/km²

(g) 炮道密度为56.25万道/km²   (h) 炮道密度为225万道/km²   (i) 炮道密度为900万道/km²

(j) 炮道密度为1800万道/km²   (k) 炮道密度为3600万道/km²   (l) 炮道密度为14400万道/km²

图 4.48　不同炮道密度观测系统在砂体 I 时间层位图

(a)～(f) 为时间层位图；(g)～(l) 为均方根振幅图

思考题和习题

1. 简述广角反射定义、特征、产生条件以及其相对于常规方法的优势。

2. 简述宽线地震采集的含义、适用条件以及宽线采集观测系统论证流程。

3. 简述开展三维地震滚动方式试验的目的及意义。

4. 现阶段观测系统评价方法多基于平面属性分析，应当如何理解属性参数优劣与真实地质目标体反映的关系？高密度勘探的地震采集观测系统更应当重点关注哪些问题？

5. 简述"采集脚印"的定义、形成机理以及对地震资料影响程度。

6. 试思考如果你是一个地震采集过程的项目经理或地球物理工程师，在设备使用上如何协调激发、接收设备的投入与应用？

第5章
地层结构测量与井地
联合勘探试验分析

一般说来，勘探目标区的地层结构应包括速度结构和地层吸收结构两部分，它们对后续地震资料处理、解释、地质研究的指导作用是众所周知的。对地层结构的测量反演一般离不开井中地震技术的应用，因此本章将它们综合在一起表述。地层的速度结构模型构建主要技术是 VSP，近地表则依赖微测井、小折射技术；地层的吸收结构建场（直接测量地层品质因子 Q 值），深层数据也主要依赖于 VSP 测量，而近地表和浅地表数据传统来源是微测井，但其精度问题一直被诟病。5.1 节将重点介绍大港探区"十三五"期间的系列试验，形成的井地联合一体化测量反演技术有效提高了建模精度。另外，本章也涉及了 Walkaway VSP 和井地联合三维 VSP 试验，对业内开展同类项目应注意的问题有一定借鉴作用，这部分将在 5.2 节与 5.3 节简要介绍。

5.1 全地层 Q 值测量方法试验分析

全地层是指从地表到勘探目标层位的全部深度地层，可将其划分成近地表、浅地表、深层三部分。就大港探区所在的渤海湾盆地黄骅坳陷来说，近地表深度一般定义在 0~20m，浅地表深度一般范围在 20~300m（这里并不是严格意义的岩性或物性划分概念，主要根据测量手段与精度，依据的是钻井表套下深并将表套深度定义为浅地表），大于浅地表厚度的为深部地层范围。该划分方法的主要依据是地层结构的测量方法不同，并不具备地质意义。其他盆地的近地表厚度、钻探方法异于黄骅探区的，可因地制宜确定划分标准。

5.1.1　井地联合的近地表结构观测方法（非对称"π"观测方法）

近地表调查是地震勘探野外采集前的重要工作，主要目的是为采集因素试验选择提供依据。常规近地表调查以建立两个模型为主要工作方式：近地表速度模型和近地表物性模型。近地表速度模型揭示了低（降）速带的厚度和速度结构，是激发因素选择的重要参考依据，也是后续资料处理技术应用如静校正的基础；近地表物性模型描述近地表的岩性、电性、含水性等，也是高分辨率追踪岩性激发的重要参考。本节所要叙述的近地表地层 Q 值观测方法，提出了高精度地震勘探中有关近地表结构模式的新观点，提出了近地表结构的速度—厚度、地层品质因子 Q 值—厚度两类模型概念。在高精度资料处理中，特别是黏弹性偏移过程中，对两类模型的建模精度均提出了很高要求。速度—厚度结构模型是读者比较熟悉的，野外测量方法有小折射、微测井等，均可满足建模精度要求。一般在新探区，常用小折射进行区域测量，结合少量微测井进行验证；近地表的地层品质因子 Q 值—厚度模型描述的是 Q 值的变化规律，对地震波的吸收原理、补偿机制是众所周知的，但长期以来实际应用效果差强人意，主要原因是地层 Q 值测量不准确、室内反演计算方法的限制性条件较多。因此，本节重点介绍大港探区"十三五"以来的研究试验成果，包括野外测量方法试验和室内反演计算方法试验。

1. 近地表结构测量、反演的常用方法与影响因素分析

近地表结构测量的常用方法是微测井，一般对于近地表速度结构的测量来说，单井微测井的方法简便易行，精度也可以满足要求，因为此时仅研究的是地震子波运动学特征。在近地表的地层吸收结构越来越引起人们重视后，很自然地想利用成熟的微测井技术测量地层 Q 值，并且进一步发展了双井微测井、多井微测井等技术。但传统方法的测量误差一直不可避免，总结这些影响因素，无外乎以下 4 方面。

1）激发子波误差

当采用固定检波器通过在不同深度激发并计算其子波差异求取地层 Q 值的方法时，常出现激发子波误差并影响测量准确性的情况。一般来说，该误差主要源于激发介质的变化，激发源本身的重复性和一致性均能满足精度要求。激发介质引起的测量误差有时会大到难以计算，甚至计算出负的 Q 值。行业标准中将其表述为"初至波形的振幅和频率不随炮检距变大而变小"，出现该现象则应判定为废资料，必须重新测量。实际上，采用此类"透射法"测量的误差是较为普遍的现象。图 5.1 显示了大港油田某工区微测井的井口检波器

接收到的两个直达波信号及其振幅谱，其激发深度分别为 6m 和 9m。尽管 9m 深度激发的地震信号传播到井口检波器经历了更多的吸收衰减，但其 130Hz 的主频依然比 6m 深度激发的地震信号 119Hz 主频高出 11Hz。如不考虑激发因素的影响，直接用这两个信号进行 Q 值估算，会得到一个负的 Q 值，这显然违背了地震波衰减的基本规律。

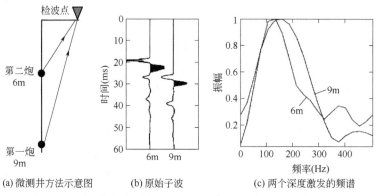

(a) 微测井方法示意图   (b) 原始子波   (c) 两个深度激发的频谱

图 5.1   同点接收不同激发点微测井方法及其子波频谱分析图

2）检波器耦合误差

不同检波器埋置产生的耦合差异几乎是不可避免的，采用地面激发、井中接收则会更严重（无论是检波器插入井底还是依赖推靠装置将检波器固定在井壁）。实际上，试验表明，即使是在地面上埋置的两个检波器，其耦合差异也足以影响 Q 值求取。图 5.2 展示了一个试验结果，在同源激发情况下，理论上应该是炮检距更小的 11 号检波器的主频更高，炮检距更大的 5 号检波器

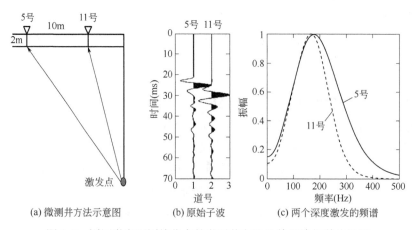

(a) 微测井方法示意图   (b) 原始子波   (c) 两个深度激发的频谱

图 5.2   同源激发不同接收点的微测井方法及其子波频谱分析图

频率稍低，进而可计算地层 Q 值，但试验结果与理论相悖——5号检波器频率的接收信号频率更高，原因可能是 5 号检波器的耦合状况更完美。

　　3）波场干涉影响

　　在双井微测井采集中，如井底检波器深度大于潜水面深度，且在激发点深度略大于潜水面深度情况下，井底检波器的接收信号易被来自地面和低速层底界（一般与潜水面深度相同）的虚反射干扰，变得更加复杂。一个显著影响是难以在记录上分离出清晰的直达波，也就无法求准地层 Q 值。

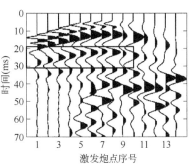

图 5.3 为一个双井微测井的井底检波器共检波点道集，框内为地面形成的虚反射，该干扰造成了用于估算 Q 值的直达波分离困难，进而会影响 Q 值计算精度。

图 5.3　双井微测井井底
检波器共检波点道集

　　4）近场效应影响

　　近场效应的一个影响是炮检距过小的情况下，地震波场在短时间内未完全稳定，从而导致地震信号低频段出现异常的现象。这种异常主要表现在炮点与检波点振幅谱比值（即衰减曲线）在低频端与理论曲线不符。已有研究表明，地震波近场分量的空间变化引起的视衰减与地层的实际衰减大致在一个量级，在近地表 Q 估算中应该警惕近场分量对 Q 估算的影响。图 5.4 展示了一个深井激发、浅井接收的测量方法实测获得的地震波振幅谱和衰减曲线，图 5.4（a）为微测井方法，图 5.4（b）为 2 个检波器接收信号的振幅谱，图 5.4（c）为计算的衰减曲线。衰减曲线在 60Hz 以下的低频段出现了衰减幅度随频率增高反而减小的异常现象，这种衰减异常现象是由近场效应引起的。在实际应用

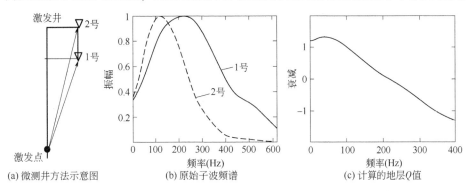

(a) 微测井方法示意图　　(b) 原始子波频谱　　(c) 计算的地层 Q 值

图 5.4　深井激发、浅井接收子波频谱对比及求取的地层 Q 值

过程中，应该谨慎选择可利用的频率段计算地层 Q 值。在该实例中，将计算 Q 值的频带设定为 60~400Hz（高频段受噪声影响较大），通过线性拟合计算出低速层的地层品质因子 Q 值为 1.786。

2. 井地联合一体化近地表结构观测方法

基于克服常规观测方法诸多弊端的研究思路，试验研究形成了井地一体化的近地表地层 Q 值野外测量观测系统，如图 5.5 所示。该观测系统的激发井和接收井采用不等深度设计，在深井中激发，在浅井井底和井口布设检波器，并与地面小排列联合接收。实施过程中依据常规近地表结构调查结果选择激发井和接收井深度参数。原则上，激发井应钻穿低（降）速层，且由井底向井口依次激发，激发点距和密度视具体情况而定。接收井深度应以无限接近低速层底界面又不钻穿低速层为佳，并在井底布设检波器（见图 5.5 中 1 号检波器），使检波器只能接收到上行波，避免了低速层底界面虚反射对直达波的干涉。地面检波器从接收井井口位置开始，沿排列方向按一定间距依次布设（见图 5.5 中 2~10 号检波器）。

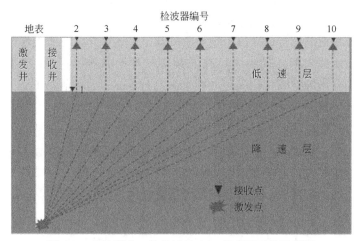

图 5.5　井地联合一体化近地表 Q 值观测系统示意图

依据该方法，求取地层 Q 值的具体方法步骤如下：

首先，利用 1 号、2 号两个检波器记录的直达波振幅谱，用于计算低速层的品质因子 Q_1。

然后，在 2~10 号检波器之间选择特征良好的两个检波器记录的直达波振幅谱，用于求取降速层的品质因子 Q_2。

最后，由下式计算低（降）速层的地层等效品质因子 Q 值：

$$Q = \frac{(t_1 + t_2) Q_1 Q_2}{t_1 Q_2 + t_2 Q_1} \qquad (5.1)$$

式中　t_1——地震波在低速层中的传播时间；

　　　t_2——地震波在降速层中的传播时间。

上述观测方法经过在黄骅坳陷多个不同地表工区应用，结果表明：测量数据稳定，点位间一致性和相关性均较强，避免了常规方法观测结果的不稳定性（主要体现在数据的跳跃，甚至如上文述及的负 Q 值现象）。图 5.6 是黄骅坳陷内某工区测量点位部署图，在这个近 200km² 的工区内部署了 48 个测量点。

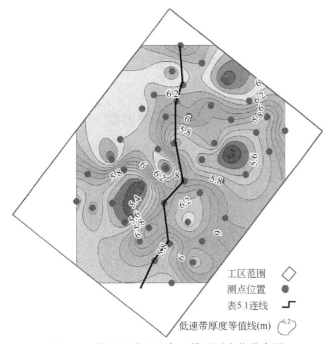

图 5.6　某工区的近地表 Q 值观测点位分布图

表 5.1 的测量数据是图 5.6 中的对角线方向 8 个测点 Q 值。可见，工区范围内近地表地层 Q 值估算结果相对较稳定，没有出现明显的异常值（负值或者异常大的值），表明了该方法的可靠性。

表 5.1　某工区 2 号—43 号测点计算的近地表地层 Q 值

序号	点号	低速层 Q_1	降速层 Q_2
1	2	1.04	12.95
2	11	1.16	26.84
3	15	4.40	11.65

序号	点号	低速层 Q_1	降速层 Q_2
4	22	1.88	10.27
5	28	1.15	10.52
6	32	2.26	10.64
7	41	1.49	8.83
8	43	1.97	9.47

此外，还开展了井地联合一体化近地表结构观测方法的配套技术试验，重点试验对比了小型电火花震源和常规雷管震源。从一致性和重复性等关键指标量化考核结果看，电火花震源可以作为近地表结构观测的主流震源，在质量、效率、安全环保等方面都满足了项目需求。试验过程及结果见本书 2.4 节，此处不再赘述。

5.1.2 浅地表及深层地层 Q 值观测方法

近地表、浅地表和深层构成了全地层的概念。近地表的重要性和地层吸收结构观测方法已在上面进行了论述，这里进一步对浅地表和深层 Q 值的求取与反演试验进行说明。正如本章开头所叙述的，为什么要提出单独的浅地表概念，并且其深度范围也不是严格意义的岩性或物性概念，主要根据测量手段与精度确定，依据的是钻井表层套管下深并将表层套管深度定义为浅地表。浅地表的概念明确以后，深层范围就一目了然了，即浅地表以下直到目的层的地层深度。严格地说，浅地表地层 Q 值观测与深层地层 Q 值观测并无本质区别，都是基于零偏 VSP 原理的测量方法，试验主要集中在 DAS（分布式光纤）的井中应用及其施工工艺方面，故将二者一并叙述。

1. 常规井中地震（VSP）观测方法的影响因素

零偏 VSP 是求取地层速度参数最有效的技术手段，人们很自然地将其用于地层吸收参数的测量。但是，在应用过程中以下几个影响因素是不容忽视的：

1）检波器耦合差异及非同源激发差异因素

尽管井下检波器技术设备发展很快，向着多级、多分量、数字化、小型化方向有了巨大进步，但仍不能满足一次性按设计布设完成全部的接收阵列（目前可达 200 级，但级数与电缆承重的平衡始终制约着其无限制扩展），从而实现同源激发、同步接收。即使实现了同源激发的条件，几百级检波器的耦合一致性也值得怀疑。这些误差在地层速度测量方面似乎不成问题，但在吸收参数的测量中是必须要考虑的。

2）多层套管引起的地震波畸变

这是 VSP 施工中最常见的一种干扰现象，严重时甚至影响初至时间的准确读取，无法求准地层速度，更别提地层吸收参数的计算了。图 5.7 展示了一个常规直井零偏 VSP 的原始炮集记录，记录上资料变差井段与左侧的表层套管（300m）和技术套管（1729m）衔接位置相当，直观地说明了多层套管对测量精度的影响。

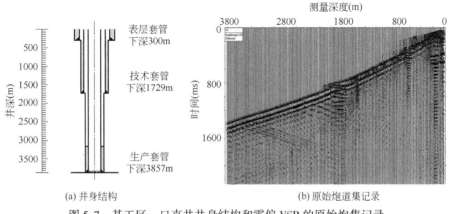

图 5.7　某工区一口直井井身结构和零偏 VSP 的原始炮集记录

2. 浅地表和深层吸收参数的 DAS 观测方法试验

分布式光纤（DAS）采集方式的逐步推广，对于解决检波器级数限制和级间耦合差异难题大有裨益。其基本原理是：在地震波（声压）作用下，光纤会产生微小应变，由于光弹效应，光纤折射率会发生相应改变，从而引起光纤纤芯中瑞利散射干涉光信号相位的变化，通过相位解调和信号处理，可实现声波的分布式传感。

除了分布式声波传感器 DAS（distributed acoustic sensor）外，还有分布式温度传感器 DTS（distributed temperature sensor）、分布式形变传感器 DSS（distributed strain sensor）等其他应用类型。

DAS 技术的突破，为井中地震勘探提供了一种新的方式，可以用更小的空间采样间隔（可小到厘米级）、更多的级数（光缆可长达几十千米，几乎不受级数限制）进行生产，一举解决了非同源激发问题；此外，其动态范围、应变灵敏度、系统带宽等技术指标也好于常规检波器。规模推广之前，最重要的前期试验实际上是施工工艺方面：如何完整地下井并在井中保持稳定？

1）套管内放置光纤试验

在套管内放置光纤的优势是电缆不受损失、可回收重复利用，遇到的首要问题是保持其稳定，固定程度差将造成接收到的地震资料不稳定、一致性差。图5.8是套管内光纤放置示意图和响应的道集记录，可以看出道间能量一致性差、干扰较严重，不利于地层吸收参数的求取。

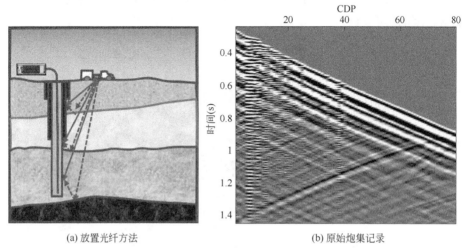

(a) 放置光纤方法　　　　　　　　　　(b) 原始炮集记录

图5.8　套管内放置光纤方法及所接收的原始炮集记录图

2）套管外放置光纤试验

该方式的优点是显而易见的，即无可比拟的稳定性，缺点是电缆一次性下井后永久固定，不可回收，但可用于后期的微震监测、套变监测等。工艺难度主要在于如何保证顺利将光缆置入几千米的井中，光缆不折断同时又不能影响正常的固井工程实施。经过反复试验，探索出了光纤固定系列工艺，目前实现了2600m的下井深度，光纤无损，可顺利实施资料采集。图5.9是套管外光纤放置示意图和获得的地震资料炮集记录，可以看出炮集信噪比得到大幅度提高，保证了地层吸收参数的求取的准确性。

近地表、浅地表和深层吸收参数测量方法系列试验，形成了全套地层结构求取技术系列，与地面高精度三维地震资料相结合，进而可开展基于全套地层 Q 测量反演的黏弹性偏移处理。图5.10展示了以全套地层 Q 值测量反演为基础，开展高精度地震勘探的技术路线示意图。应该说，全套地层 Q 值测量反演是一套方法，更是一个较有针对性的地震资料挖潜提效理念，在渤海湾及类似的东部高成熟探区有一定的参考价值。

图 5.9　套管外放置光纤方法及所接收的原始炮集记录

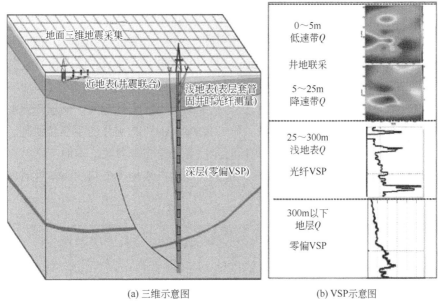

(a) 三维示意图　　　　　　　(b) VSP示意图

图 5.10　基于全套地层 Q 值测量反演的高精度地震勘探示意图

5.2 井地联合勘探方法试验分析

　　井地联合勘探是近年来技术进步、设备能力提升的产物。VSP 技术在地层参数求取方面具有得天独厚的优势（透射波直达、单程更少的吸收衰减等），很自然地会激起对其成像、地层研究潜力方面的兴趣。从零偏到非零偏、从 Walkaway 到 Walkaround，对井中地震成像方面的期望值不断提高。本节将以大港油田的一个井地联合采集处理试验项目为例，简述井地联合勘探的做法。

5.2.1 Walkaway VSP 方法

Walkaway VSP 是指在地表沿着一条（或多条）过井的直线激发地震波、井中布置检波器接收的井中地震勘探方法。这种观测方式具有一定的覆盖次数，可以获得井旁高分辨率的反射波成像，同时检波器靠近储层观测，可以直接获得地层速度、吸收衰减、地震子波、各向异性等信息。近年来，该技术在设备进步和地质需求的双重驱动下，施工越来越便捷，并在油田开发中得到越来越广泛的应用。Walkaway VSP 转换波和横波成像可解决气云区纵波不成像的问题，其多波信息可以研究储层 AVO 响应。

大港油田针对不同地质需求，陆续开展了十多口井的 Walkaway VSP 工作。图 5.11 是沧东凹陷官东 22 井 Walkaway VSP 的施工位置图，该区构造位置处于沧东凹陷南皮斜坡乌马营断层上升盘，地层向北西倾伏。该区孔二段发育辫状河三角洲砂体沉积，多期砂体叠置向东尖灭，形成岩性圈闭。储层顶面高点埋深约 3450m，厚度 3~10m 不等。开展 Walkaway VSP 工作的主要目的是，获取准确的振幅恢复因子、Q 因子和各向异性等地球物理参数，辅助三维地面地震处理解释；同时借助更高精度的成像剖面，为三维地震资料的高精度解释提供帮助。

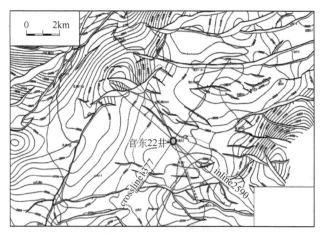

图 5.11 官东 22 井 Walkaway VSP 炮点线（两个方向）示意图

1. 资料采集

官东 22 井是普通型直井，Walkaway VSP 观测井段为 550~3500m，观测间距 20m，炮点最大井源距为 4000m，炮点距 40m，采用炸药震源激发，激发药量 2kg，激发井深 10m。图 5.12 为 Walkaway VSP 的共炮点三分量道集记录，可以看出资料初至起跳干脆，背景干扰很弱，反射能量强，信噪比较高。同时，各主要目的层地震反射波组特征清晰，转换横波发育，连续性好，资料整体品质较高。

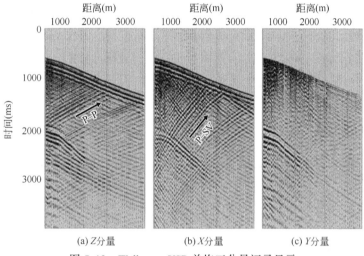

图 5.12　Walkaway VSP 单炮三分量记录显示

2. 资料处理

1）矢量波场分离

波场分离是 VSP 资料处理的关键步骤。首先要保证不同波场的有效分离，同时保留分离信号的振幅、频率特性。为实现 Walkaway VSP 资料的保幅波场分离，采用时变矢量分解方法进行矢量波场旋转，实现纵波和转换横波的分离效果较好。

时变矢量分解公式如下：

$$\begin{cases} W_P = \dfrac{W_Z\cos\theta_{SV} - W_X\sin\theta_{SV}}{\cos(\theta_P - \theta_{SV})} \\[4mm] W_{SV} = \dfrac{W_Z\sin\theta_P + W_X\cos\theta_P}{\cos(\theta_P - \theta_{SV})} \end{cases} \tag{5.2}$$

式中　W_Z——垂直分量记录；

W_X——水平分量记录；

θ_P——上行纵波出射角；

θ_{SV}——上行转换波出射角；

W_P——上行纵波记录；

W_{SV}——上行转换横波记录。

θ_P 和 θ_{SV} 通过射线追踪正演计算获得，通过时变矢量分解，可以把不同井源距记录的上行纵波和上行转换横波分离，再利用中值滤波和反假频频率—波数域滤波得到用于成像的反射波波场记录。

图 5.13 是矢量波场分离前后记录对比，其中图 5.13(a) 是经过振幅补偿和反褶积处理后波场分离前的垂直分量和水平分量记录，图 5.13(b) 是波场分离后的纵波剖面和转换横波记录。从图可见，矢量波场分离后，纵波和转换横波得到有效分离，反射波能量变得突出，信噪比明显提高，波组特性得到保持。

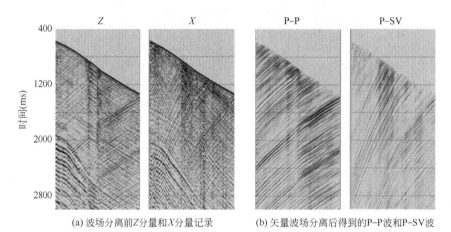

(a) 波场分离前Z分量和X分量记录   (b) 矢量波场分离后得到的P-P波和P-SV波

图 5.13　矢量波场分离前后记录对比图

2）多波成像

研究区地层起伏不大，构造相对简单，适用于 VSP-CDP 叠加方法。本次研究采用基于射线追踪的 VSP-CDP 算法进行成像处理，利用扫描法求取各向异性参数，建立各向异性速度模型，在成像过程中，对共成像点（CIP）道集进行了优化处理，提高了成像精度。

图 5.14 是 CIP 道集优化处理前后对比图，其中 5.14(a) 是共炮点成像并切除拉伸畸变后抽取的原始 CIP 道集，从图可见，原始 CIP 道集波组不平，大入射角数据也参与叠加，成像效果不理想；图 5.14(b) 是优化处理后的 CIP 道集，可以看到，删除了大入射角数据，反射波得到排齐，信噪比得到提高。

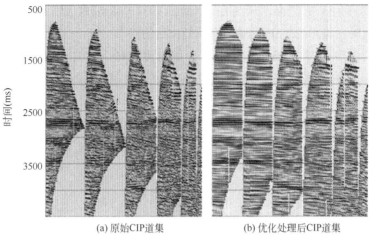

(a) 原始CIP道集　　　　　　　(b) 优化处理后CIP道集

图 5.14　共成像点（CIP）道集处理前后对比

图 5.15 是 Walkaway VSP 成像剖面与走廊对比，其中图 5.15(a) 为纵波成像与纵波走廊，图 5.15(b) 为转换横波成像与纵波走廊。从图可见，井旁成像结果与走廊波组关系对应良好，说明成像结果准确可靠。

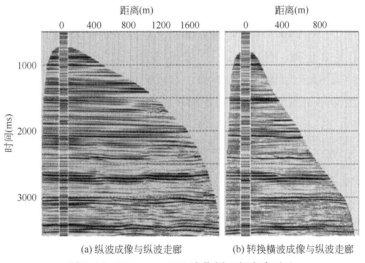

(a) 纵波成像与纵波走廊　　　　　(b) 转换横波成像与纵波走廊

图 5.15　Walkaway VSP 成像剖面与走廊对比

3. Walkaway VSP 资料的应用

首先比较一下 Walkaway VSP 纵波成像剖面与三维地震剖面的视分辨率。如图 5.16 所示，将 VSP 的纵波成像结果镶嵌入过井地震剖面中，图 5.16(a) 是过井地震剖面，图 5.16(b) 是 Walkaway VSP 成像剖面镶嵌入地震剖面，框内是 Walkaway VSP 结果。从图可见，Walkaway VSP 成像波组关系与地震对应良好，浅层远离井的 VSP 成像频率偏低，目的层 Walkaway VSP 成像频率比地震高（箭头指示），Walkaway VSP 反射波组更清晰。从图 5.16（c）显示的层频谱对比来看，目的层地震资料主频约 20Hz，Walkaway VSP 资料主频约 30Hz，VSP 资料频率提升明显。

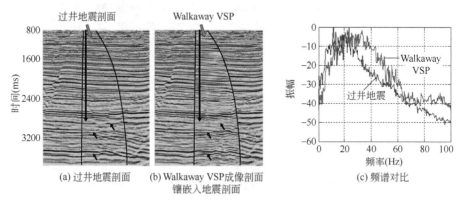

(a) 过井地震剖面　(b) Walkaway VSP 成像剖面　(c) 频谱对比
镶嵌入地震剖面

图 5.16　Walkaway VSP 纵波成像剖面与地面地震剖面对比图

图 5.17（a）是三维地震剖面内镶嵌的 VSP 走廊叠加、合成记录图，图 5.17（b）为 Walkaway VSP 成像剖面内镶嵌的 VSP 走廊叠加、合成记录图。可以看到，VSP 走廊、合成记录（VSP 时深关系校正后）与过井地震剖面的强反射波组关系闭合，箭头指示走廊、合成记录上的反射轴在地震剖面上没有显示；而在 Walkaway VSP 剖面与走廊、合成记录标定上，Walkaway VSP 与走

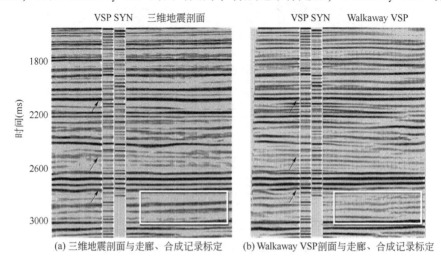

(a) 三维地震剖面与走廊、合成记录标定　(b) Walkaway VSP 剖面与走廊、合成记录标定

图 5.17　地面地震与 Walkaway VSP 成像剖面与走廊、合成记录对比图

廊、合成记录波组关系对应很好，箭头指示的波组闭合非常好。在弱反射层段内（图中方框），Walkaway VSP 成像剖面比三维地震剖面的视分辨率明显提升，更有利于目的层油气预测。

　　Walkaway VSP 的成像剖面与地面地震剖面相比，优势是显而易见的，此外在多波信息的综合利用方面也大有可为。首先通过拾取转换横波初至可以得到转换横波的速度，然后通过纵波和转换横波速度，可以获得泊松比。在很多岩性油气藏勘探开发中，储层的常规地震资料纵波阻抗与其围岩泥岩、致密砂岩的纵波阻抗值非常接近，导致单纯利用纵波信息难以区分有利储层。此时可以对伽马、声波时差与泊松比综合应用，采用多波联合反演，可以起到区分砂岩、泥岩的效果。在这个实例中，用 Walkaway VSP 的 P-P 波成像和 P-SV 波成像数据进行波阻抗反演，对储层的空间分布和横向变化特征进行描述和油气预测，工作中采用模型约束的稀疏脉冲波阻抗反演方法进行研究。反演得到 P-P 波波阻抗反演剖面和 P-SV 波波阻抗反演剖面如图 5.18 所示。反演剖面中紫色—蓝色—浅蓝—绿色—红色—黄色表征了不同地层波阻抗从高阻到低阻的变化特征。由于 S 波主要反映了岩石骨架特征，对孔隙流体性质的变化不敏感，笔者利用 P-P 波和 P-SV 波数据进行联合反演，预测储层的岩性和流体特征。反演结果得到的泊松比反演剖面分辨率较高，随着地层深度由浅到深变化，地层泊松比呈逐渐减小的趋势，油气储层段泊松比值整体表现为低值，Walkaway VSP 反演结果与油气显示结果吻合。

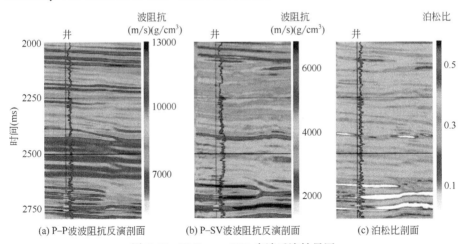

图 5.18　Walkaway VSP 多波反演结果图

　　这个实例说明，在获得 Walkaway VSP 高品质采集资料的基础上，基于 Walkaway VSP 多波资料完成了多波联合反演，可以获得泊松比剖面，油气显示与反演预测结果吻合度也比较高，Walkaway VSP 多波技术在油气勘探开发中具有良好的应用前景。

5.2.2　井地联合勘探方法试验

Walkaway VSP 技术在油气勘探开发中发挥了独特作用，也展现了良好的应用前景。它具有了井筒的"一孔之见"与成像剖面联合、从一维到二维的进步，而地面地震勘探和井中 VSP 测井两个均很成熟的物探技术结合起来，形成的井地联合勘探技术是一项精度更高的地震勘探方法，它实现了地面地震采集与井中地震采集的有机结合（激发同源性得到保障），为精确研究地质结构、储层展布特征等提供了有效的技术手段。井地联合勘探的综合应用优势还体现在，通过零偏 VSP（ZVSP）求取球面扩散、地层吸收衰减系数等地层参数，驱动全方位地面地震数据相对保持储层信息的提高分辨率处理；基于 ZVSP 求取速度场并驱动三维速度场的建立，基于三维 VSP 和 Walkaway VSP 求取 VTI 和 HTI 介质各向异性参数并驱动地面地震数据的 VTI 各向异性校正。

井地联合勘探的三维 VSP 技术较有代表性，特别是分布式光纤传感技术（DAS）的逐步成熟，为可控成本内规模开展 3D VSP 提供了可能。

2017 年，大港探区为克服三维地震资料目的层分辨率低、难以准确表征陆相薄互储层细节的难题，在歧口凹陷的板桥地区开展了 3D DAS VSP 方法试验。该项试验首次将 DAS（分布式光纤传感）技术应用于 3D VSP 研究，通过分布式光纤传感设备观测，得到了 3D DAS VSP 资料，对 DAS VSP 资料噪声及其压制方法进行了研究，并分析了 DAS VSP 资料波场特点及分离技术，最终获得了成像剖面。此外，可以直接从 VSP 数据中获得井筒周边一定范围内的地层速度、反褶积算子、吸收参数、各向异性参数等储层信息，这些信息可以显著提高地面三维地震数据的处理精度，如速度模型的校准和修正、静校正、反褶积、多次波压制处理、高频恢复、各向异性偏移和 Q 补偿及 Q 偏移，为后期综合地质研究奠定了基础。

1.3D DAS VSP 资料采集

该区同时开展的三维地震目标采集主要参数为：面元尺寸为 10m×20m，炮线距与接收线间距均为 200m，道距为 20m，炮点间距为 40m，最大偏移距为 4646m。在三维工区内选了 B-01 井和 B-02 井 2 口井，测量深度分别为 3500m 和 2770m。在 B-01 井的套管内部署了单模铠装光纤电缆，接收间距为 2m；在 B-02 井的套管内部署了 80 级 3-C 井下检波器阵列，接收间距为 20m。

B-01 井内的铠装光缆共记录了 8167 次地面炮点，覆盖了 73.92km² 的震源面积；B-02 井的 80 级 3-C 井下检波器阵列记录了 7913 次地面炮点，覆盖了 53.88km² 的震源面积。2 口井的井下地震数据总共覆盖了 127.8km² 的震源面积，有效地面炮数为 16080 炮。图 5.19 为 3D VSP 炮点分布图（a）和两种方式采集的原始数据（b）对比，常规检波器数据和 DAS 数据的振幅谱显示在炮集数据的右侧，它们的信噪比曲线显示在（b）的下方。

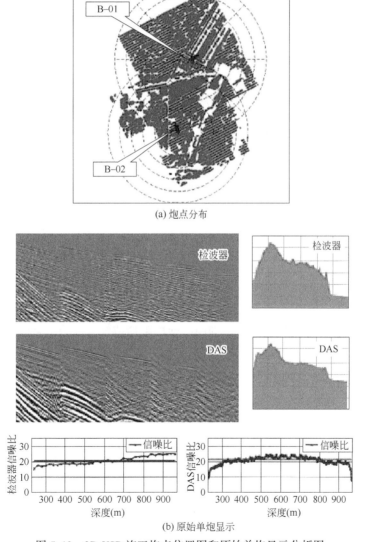

图 5.19 3D VSP 施工炮点位置图和原始单炮显示分析图

其中 3D DAS VSP 观测井段 2~3500m，观测间距 2m，炮点最大井源距为 6km，线距为 200m，炮点距为 40m，采用炸药震源激发，激发药量 3kg，激发井深 9m。图 5.20(a) 为 3D DAS VSP 光纤采集设备，包括井下接收信号的光纤电缆和地面调制和记录振动信号的采集仪器；图 5.20(b) 为井源距 500m 的原始资料；图 5.20(c) 为井源距 2000m 的原始资料。

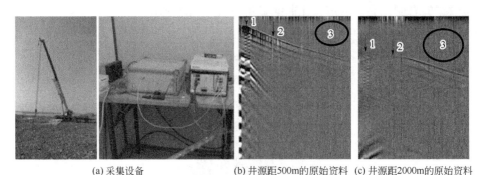

(a) 采集设备　　　　　　　(b) 井源距500m的原始资料　(c) 井源距2000m的原始资料

图 5.20　3D DAS VSP 施工设备及原始单炮显示分析图

从原始资料显示上看，初至起跳可以有效识别，各主要目的层反射波组特征也较清晰，转换横波发育，连续性好。原始采集资料中存在三种较强干扰噪声：电缆谐振（图中 1 处）、套管波（图中 2 处）、背景异常干扰（图中 3 处），表明了 DAS 接收方式在井地联合勘探中的应用潜力。

2. 资料处理

井中地震数据可以提供比地面地震分辨率更高的井筒周围的结构图像，因为它的接收器位于井内和储层附近。除了自身的构造成像能力外，VSP 数据还可以直接获得井筒周围一定范围内的地层平均速度、层速、吸收、衰减、反褶积算子、各向异性参数等储层信息，这些信息可以用来加强地面地震数据的处理，即所谓的"井驱三维地面地震数据处理"。

1) 3D DAS VSP 数据进行处理中的噪声压制

针对原始资料中存在的上述三种噪声干扰，分别进行压制。电缆谐振由井轨迹变化造成光缆与井壁耦合不佳所致，其视速度、频率、能量稳定，使用减法可有效压制。首先确定干扰段时间、深度，再拟合噪声振幅、频率、相位，最终获取噪声信号并消除。

图 5.21 是针对如图 5.20 所示的原始资料上几类主要噪声的压制后结果，电缆谐振、套管波和背景异常干扰均得到有效去除。图 5.22 为去噪后记录频谱，上行反射 P 波及转换横波连续性及辨识度均得到加强。

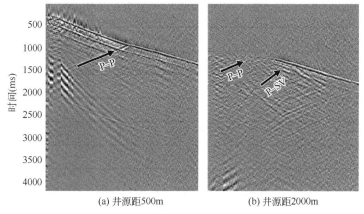

(a) 井源距500m   (b) 井源距2000m

图 5.21 3D DAS VSP 去噪后单炮记录

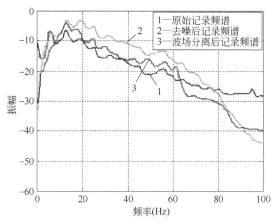

图 5.22 资料处理频谱形态分析图

2）波场分离

波场分离是 VSP 资料处理的关键步骤，既要保证不同波场的有效分离，还要保留分离信号的振幅、频率特性。VSP 记录中常见的波场类型有上下行纵波、上下行转换横波、直达波、折射波、多次波及各种噪声等。

为了实现 VSP 资料保幅波场分离，可以使用速度模型正演约束的多域多尺度方法实现纵波和转换横波的分离及上行波和下行波的分离：

（1）综合使用工区内测井速度、VSP 速度、地面地震速度及先验构造信息等建立速度模型；

（2）根据速度模型特点，选择合适的射线追踪方法，计算各类波场的走时信息、约束进行波场分离；

（3）波场分离方法可视实际情况分频带选择滤波组合：中值滤波、反假频频率—波数域滤波、SVD（奇异值分解）滤波、τ-p 滤波等。

图 5.23 是对如图 5.22 所示的对应资料波场分离后记录。从图可见，波场分离后上、下行纵波和转换横波得到有效分离，反射波能量突出，信噪比明显提高，波组特性得到保持。

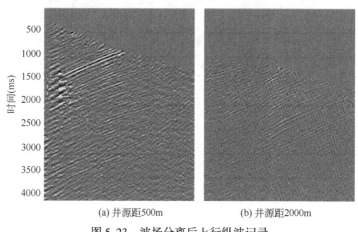

（a）井源距500m　　　　　　　（b）井源距2000m

图 5.23　波场分离后上行纵波记录

3）反射波成像

本次试验区的目的层较平缓，构造也相对简单，因此采用了基于射线追踪的改进 VSP-CDP 算法进行成像处理。利用扫描法求取各向异性参数建立各向异性速度模型，在成像过程中，对共成像点（CIP）道集进行了优化处理，提高了成像精度。CIP 道集优化处理包括：

（1）按入射角排序，切除了拉伸畸变较大的大入射角数据；

（2）分时窗求取道间互相关系数，计算时移量，校正道间时差，使得每个 CIP 道集拉平；

（3）SVD 滤波去噪，加强反射波。

图 5.24 是将方位角 65° 的 VSP 纵波成像结果嵌入过井地震剖面，其中图 5.24(a) 是过井地震剖面，图 5.24(b) 是 VSP 成像剖面镶嵌入地震剖面图，线框是 VSP 成像边界。可见，VSP 成像波组关系与地震剖面对应良好，VSP 反射波组更清晰。

图 5.25 为目的层频谱对比，可见目的层地震资料主频约 20Hz，VSP 资料主频约 30Hz，VSP 资料频率提升明显。

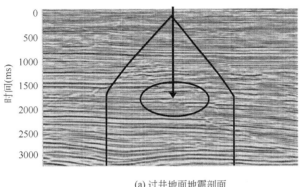

(a) 过井地面地震剖面

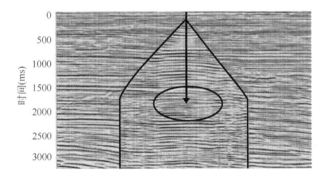

(b) VSP成像剖面镶嵌入地震剖面

图 5.24　3D DAS VSP 纵波成像剖面（方位角 65°）与地面地震剖面对比图

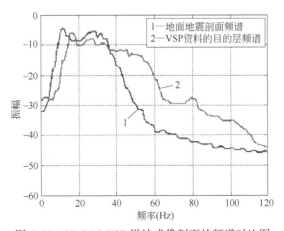

图 5.25　3D DAS VSP 纵波成像剖面的频谱对比图

3. 资料应用

通过 DAS（分布式光纤传感）技术，采集到了全井段的 3D DAS VSP 资料。研究了 DAS VSP 资料多种噪声的压制方法，并分析了 DAS VSP 资料波场特点及分离技术，最后通过共成像点道集优化获得了高精度的成像剖面。对比可知，DAS VSP 成像与地面地震波组关系对应良好，DAS VSP 成像目的层分辨率高于地面地震资料。

本次 3D DAS VSP 采集资料噪声较强，采集仪器设备正在针对性改进，同时改进光缆与井壁耦合方式等，从而改善采集质量。不同于常规 VSP 检波器采集资料，DAS VSP 为单分量数据，在 VSP 资料波场分离过程中更难做到保幅处理。使用的速度模型正演约束的多域多尺度方法，相对保幅地实现了纵波和转换横波的分离及上行波和下行波的分离。DAS VSP 资料处理过程中能否做到保真、保幅是决定其成果先进性与否的关键。

1) 利用 DAS VSP 井地数据提高地面地震处理精度

图 5.26 对比了地面三维地震 PSDM 剖面（a）、B-02 井常规井下检波器阵列 Walkaway VSP 成像剖面（b）、B-01 井 Walkaway DAS VSP 成像剖面（c）。三种不同成像结果的频率范围从地面三维地震 PSDM 剖面的 60Hz 提高到B-02 井井下检波器阵列 Walkaway VSP 成像的 70Hz，进一步提高到 B-01 井Walkaway DAS VSP 成像的 85Hz，频谱拓宽的贡献也应该与 DAS 方式的点位密度

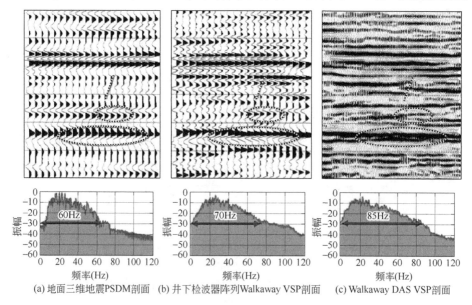

(a) 地面三维地震PSDM剖面　(b) 井下检波器阵列Walkaway VSP剖面　(c) Walkaway DAS VSP剖面

图 5.26　三类成像剖面及其频谱对比分析图

更高有关。所获得的更高频率成像数据可以更容易地识别断层和微幅度结构。

2）计算地层吸收品质因子 Q 值

利用 VSP 数据估计地层 Q 因子的常用方法是谱比法。Dean 和 Correa（2017）描述了一种方法，可以用来修正频谱，从而成功地从 DAS VSP 数据中估计无偏 Q 值。B-01 井和 B-02 井均采用谱比法从地面到井深计算 Q 值，分别利用零偏移的 DAS VSP 数据和井下阵列检波器记录的 VSP 数据计算 B-01 井和 B-02 井的 Q 值（图 5.27）。该项目的地面三维地震采集过程中，海域部分采用了气枪震源，但由于 B-01 井远离海岸线，该井中的铠装光缆没有记录任何源自海上气枪源的 3D DAS VSP 数据。由于 DAS 方法中的标距对 DAS VSP 数据的高频具有衰减作用，因此，较长标距 DAS VSP 数据的 Q 值是此标距内的平均 Q 值。实际上，如果可能的话，更倾向于使用短量规长度的 DAS VSP 数据来计算 Q 值。由于试验仅使用 8m 量规长度记录了 DAS VSP 数据，因此无法选择使用短量规长度的 DAS VSP 数据来计算 Q 值。

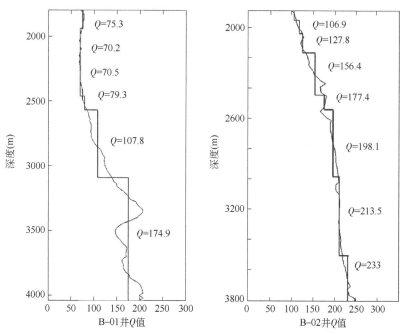

图 5.27 据 B-01 和 B-02 井测量数据计算地层 Q 值

曲线为计算的 Q 值，折线为层位顶界

这些 Q 值用于约束建立整个三维地震数据覆盖区域的中深层 Q 场数据体，而近地表数据如第一节所述方法获取，形成全套地层 Q 场，可用于提高地层

分辨率为主的叠前深度 Q 偏移处理。图 5.28 是该井地联合勘探项目的常规叠前深度偏移与 Q 偏移的剖面对比，Q 偏移可以消除地层吸收对垂直和水平分辨率的影响，提高成像精度；图 5.29 为该项目两类数据体的相干切片对比，Q 偏移数据的储层内部特征更清晰、更集中的断层和裂缝带，解释的唯一性更强。

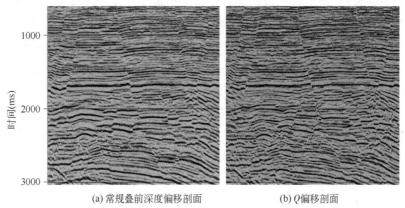

(a) 常规叠前深度偏移剖面   (b) Q 偏移剖面

图 5.28　常规叠前深度偏移与 Q 偏移的剖面比较

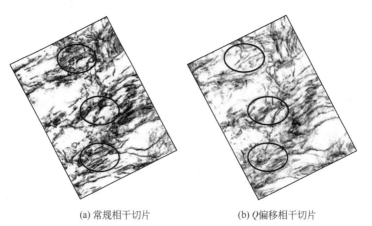

(a) 常规相干切片   (b) Q 偏移相干切片

图 5.29　常规叠前深度偏移与 Q 偏移在 2000ms 的相干切片比较

　　这个实例说明，井地联合勘探可以在采集地面地震数据的同时，选取单井或多井采集 VSP 数据。DAS 技术的逐步成熟，免去了因检波器阵列不足需要重复激发之苦，提高了同源激发的资料一致性，可以提供全井 VSP 成像，并且显著提高地面三维地震数据处理精度。

　　井地联合勘探的另一项重要应用，是利用三维 VSP 数据研究垂直横向各向同性（VTI）介质、水平横向各向同性（HTI）介质的特性，计算各向异性参数，并驱动地面地震数据的各向异性校正。郭向宇、凌云等在研究松辽盆地某个井地联合地震勘探项目中，通过拟合实际下行波初至走时和计算旅行时的差异来实现 VTI 和 HTI 各向异性参数求取。他们利用三维速度场计算出各向同性介质假设条件下的旅行时，拾取了三维 VSP 下行波初至走时，计算出各向同性介质旅行时之差。如图 5.30 中所示，基于各向同性的射线追踪时间和各向异性的实际走时在 3000m 炮检距处的时差约为 100ms，这一时差反映了介质各向异性因素的影响，利用 Alkhalifah 等的弱各向异性 VTI 介质条件下的旅行时公式拟合时差可求取此接收点深度的宏观 VTI 参数。

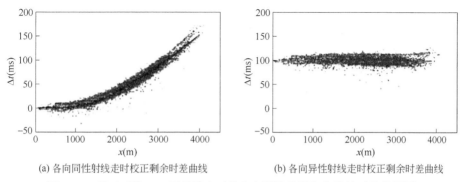

(a) 各向同性射线走时校正剩余时差曲线　　(b) 各向异性射线走时校正剩余时差曲线

图 5.30　基于三维 VSP 下行波走时的各向同性及弱各向异性时差分析图

（据郭向宇、凌云等，2010）

图 5.30(a) 曲线是深度 2438m 处的弱各向异性拟合结果，对应的弱各向异性参数为 0.23，经该弱各向异性参数校正后的剩余时差曲线如图 5.30(b) 所示。

井地联合地震勘探方法，一方面集中了 VSP 技术单程传播、求取地层各项参数准确性高的特点，另一方面又融合了地面地震的观测系统灵活、成像孔径大的优势，在复杂构造成像、储层精细研究方面表现出了独特优势。特别是 DAS 接收技术的成熟和推广，为该方法的技术经济一体化运作提供了可能，拓展了推广应用的途径。

思考题和习题

1. 近地表结构测量误差的影响因素包括哪些？

2. 简述 Walkaway VSP 方法及技术优势。

3. 井地联合勘探方法的综合应用主要体现在哪些方面？

参考文献

Andreas Cordsen, John W Peirce, 1996. 陆上三维地震勘探的设计与施工. 余寿朋, 等译. 涿州: 石油地球物理勘探局.

狄帮让, 熊金良, 岳英, 等, 2006. 面元大小对地震成像分辨率的影响分析. 石油地球物理勘探, 41 (4): 363-368.

郭向宇, 凌云, 高军, 等, 2010. 井地联合地震勘探技术研究 [J]. 石油物探, 49 (5): 438-450.

李国发, 祝文亮, 翟桐立, 等, 2016. 低速带吸收补偿提高地震资料分辨率. 石油学报, 37 (S2): 64-70.

陆基孟, 王永刚, 2011. 地震勘探原理. 东营: 中国石油大学出版社.

吕公河, 2013. 宽线地震勘探观测系统参数对信噪比的影响作用分析探讨. 石油物探, 52 (5): 495-501.

倪宇东, 等, 2014. 可控震源地震勘探采集技术. 北京: 石油工业出版社.

钱荣钧, 2007. 关于地震采集空间采样密度和均匀性分析. 石油地球物理勘探, 42 (2): 235-244.

魏继东, 2017. 适用于陆上石油勘探的地震检波器. 石油地球物理勘探, 52 (6): 1127-1136.

熊金良, 狄帮让, 岳英, 等, 2006. 基于地震物理模拟的采集脚印分析. 石油地球物理勘探, 41 (5): 493-497.

熊金良, 岳英, 杨勇, 等, 2006. 面元大小与纵向分辨率关系. 石油地球物理勘探, 41 (4): 489-491.

翟桐立, 张洪军, 祝文亮, 等, 2016. 全方位高密度单点接收地震采集技术. 石油学报, 37 (S2): 56-63.

翟桐立, 刘次源, 祝文亮, 等, 2007. 南方山地宽线地震采集方法与效果. 天然气工业, 27 (S1): 70-71.

翟桐立, 马雄, 彭雪梅, 等, 2018. 基于井地一体化测量的近地表品质因子 Q 值估算与应用. 石油物探, 57 (5): 685-690.